中華文化百家書

唐詩

遲乃義　鉑淳　主編

JPC

主編　遲乃義　鉑淳

繪畫（以本書中作品先後為序）

華三川　戴敦邦　呂士榮　孫文鐸　董淑嬪　杜滋齡

陳謀　劉大為　馬援　劉旦宅　顧炳鑫　陳惠冠

童介眉　苗重安　程十髮　范曾　馬振聲　孔維克

高向陽　蕭惠珠

書法（以本書中作品先後為序）

歐陽中石　谷溪　葉培貴　啟功　蘇士澍

姚俊卿　沈鵬　段成桂　林岫　熊伯齊

劉炳森　鄒德忠　李鐸

詞注　丁國成　遲乃義　徐振邦　馬玉梅　李靜

策劃　鉑淳

序言

這是一本詩歌與書畫結合的讀本。詩是唐詩——我國詩歌發展黃金時代的傑出篇章；書畫是當代知名書畫家依詩而作的繪畫、書法精品。「詩畫本一律，天工與清新」、「詩中有畫，畫中有詩」的中國詩畫藝術的重要特徵，在此書中可以窺見。這是中國詩人和中國書畫家的共同藝術追求。當兩種藝術結合得比較完美的時候，便會體現出兩種藝術的更高價值。編者也是出於此種目的，編了這本書。

我國向來被譽為詩的國度，而唐代則是我國詩歌發展史上的高峰時期。在唐代近三百年的時間裏，名家輩出，詩人燦若群星。詩歌作品題材廣泛，反映社會生活豐富多彩，藝術風格獨具風貌。《全唐詩》彙集了兩千多位詩人約五萬篇詩作，其中的傑出篇章，意境雄闊，形象鮮明，情韻悠揚，膾炙人口。唐詩不僅是唐代文學的主流，而且在後代也有不可替代的魅力，影響深遠。千百年來，唐詩的流傳長盛不衰，閃爍着耀眼的光芒。我們以擁有先人留下的寶貴遺產——唐詩而感到驕傲和自豪。

為了適應各層次讀者的需要，各種各樣的唐詩選本應運而生。唐人選唐詩就有數十種，今存十餘種。自宋至近現代，唐詩選本更是多得無法統計。這些選本，或選一個時期、一個階段，或選一個流派、一個詩人，或選一種詩體、一個專題，或按選編者的觀點，選出唐代詩歌精品。直到今天，面對不同對象的不同選本，還是層出不窮。《唐詩三百首》的注釋、評析本大量出版，唐詩的鑒賞辭典與類編、注釋、評譯本也出現熱潮。許多出版社還專為少年兒童出版讀本。在普及唐詩，也是弘揚傳統文化熱潮的推動下，編者想到了我國歷代為詩配畫的傳統藝術樣式——詩意畫。唐代以來，取材唐詩的繪畫甚多。李白、杜甫、王維、白居易等詩人的作品，很多是畫家取材的對象。詩意畫，不是簡單地重複詩歌、圖解詩意，而是繪畫藝術的再創造。它既要有繪畫特點，又要有詩歌內涵，要用詩和畫共同傳情達意。從詩歌的想像可感特點到繪畫的具象可視特徵，體現了畫家的藝術修養。創作詩意畫，需要畫家對詩歌的深刻理解和高水平的繪畫藝術功力，這樣才能使詩畫結合的藝術形式顯示出它高超的藝術價值，才會有旺盛的生命力。涉足詩意畫領域的畫家，大多具有這樣的藝術修養。而唐詩在這個過程中，確實也顯示了是一座挖掘不盡的寶山，是一篇做不完的文章。

為了給讀者提供一種詩、注、書、畫結合的精美讀本，編者編選了本書。綜觀詩歌和據此而作的書、畫作品狀況，精選百篇納入此書。詩人和詩歌的排列順序均以中華書局出版的《全唐詩》為準。其中杜牧《清明》一篇是《全唐詩》未載，而《千家詩》出後廣為傳誦的，也編入了此書。把優秀詩歌和書、畫合為一體，使本書更具鑒賞性，為讀者提供優秀的精神食糧，這就是編者的初衷。我相信，在這麼多人的共同努力下，本書一定會融進普及唐詩和弘揚傳統文化精華的熱潮之中。

編者

二〇一三年七月

目錄

望月懷遠

張九齡

海上生明月，天涯共此時。
情人怨遙夜，竟夕起相思。
滅燭憐光滿，披衣覺露滋。
不堪盈手贈，還寢夢佳期。

遙夜：長夜。
竟夕：整個晚上。
滋：滋生。
不堪：不可以，不能夠。
佳期：泛指美好的時光。

這是一首望月懷人之作，詩歌從秋宵夜月寫起，訴說難以排遣的相思之情，意旨深婉曲折，結構回環往復，頗有一唱三歎之致。這首詩被清人姚鼐推為「五律中《離騷》」，尤其是詩的頭兩句，可稱為千古傳唱的名句。

華三川 繪

戊寅年秋日
華三川畫於滬

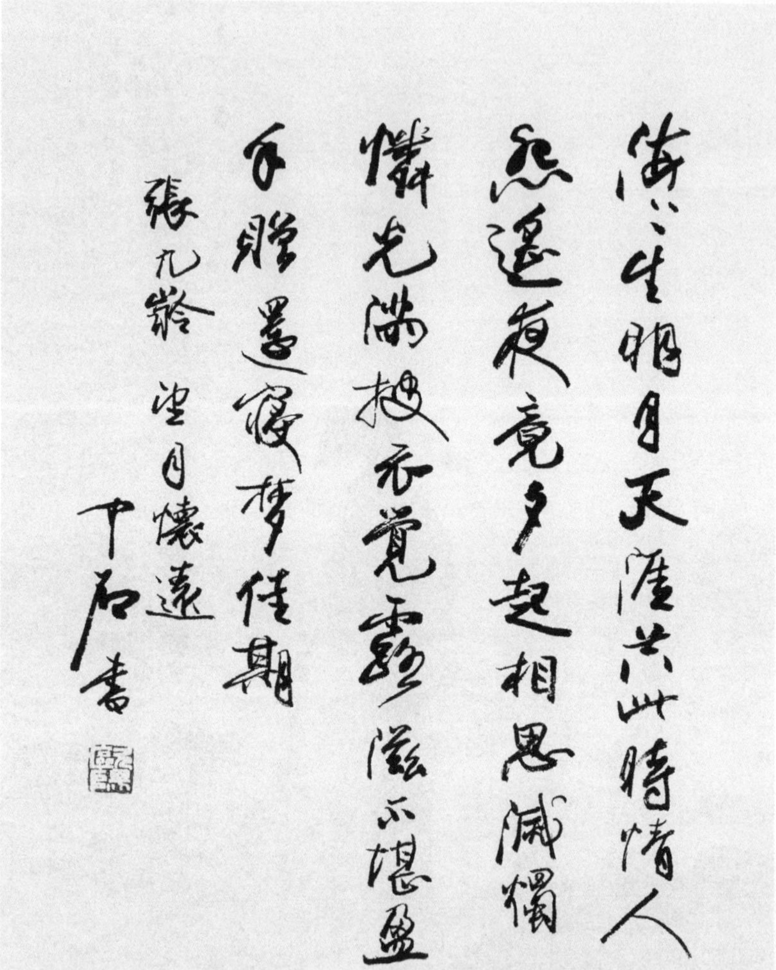
海上生明月天涯共此時情人
怨遙夜竟夕起相思滅燭
憐光滿披衣覺露滋不堪盈
手贈還寢夢佳期
張九齡望月懷遠
中石書

歐陽中石

張九齡《望月懷遠》
中石書

送杜少府之任蜀州

王勃

城闕輔三秦，風煙望五津。
與君離別意，同是宦遊人。
海內存知己，天涯若比鄰。
無為在歧路，兒女共沾巾。

城闕：指長安的城郭宮闕。
輔：衛護的意思。
三秦：秦國故地，泛指當時長安附近的關中地區。項羽滅秦後，將秦地分為雍、塞、翟三部分，所以叫三秦。
五津：津是渡口，五津本指蜀中岷江上的五大渡口，詩中泛指杜少府所去的蜀地。
宦遊人：在外地做官，遠遊他鄉的人。

這是一首送別詩。詩人用豪邁的言語勉慰友人，也是自勵，表現出志在四方、樂觀曠達的胸懷，情調昂揚開朗。杜少府，詩人友人，名未詳。少府，即縣尉。之任，赴任。

戴敦邦 繪

丙子年新春

戴敦邦作唐詩意圖於滬上田林

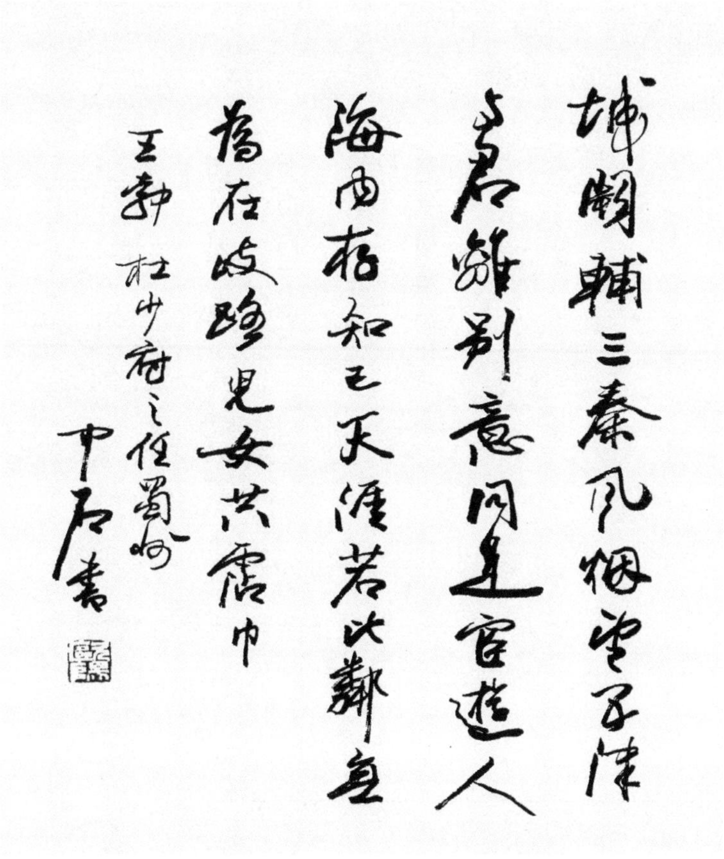
城闕輔三秦
風烟望五津
與君離別意
同是宦遊人
海内存知己
天涯若比鄰
無為在歧路
兒女共霑巾
王勃 杜少府之任蜀州
中石書

歐陽中石

王勃《〔送〕杜少府之任蜀州》
中石書

詠鵝

駱賓王

鵝，鵝，鵝，
曲項向天歌。
白毛浮綠水，
紅掌撥清波。

項：脖子的後部，泛指脖子。

這首詩為駱賓王七歲時作。胡應麟在《補唐書駱侍御傳》中說：「賓王生七歲，能詩。嘗嬉戲池上，客指鵝群令賦焉，應聲曰：『白毛浮綠水，紅掌撥清波。』客歎詫，呼為神童。」詩中描寫群鵝，能夠抓住鵝幾個典型的特徵加以形象的描述，色調對比鮮明，用語淺顯清新，風格輕快活潑。

華三川

詠鵝 駱賓王
鵝々々曲項向天歌白毛浮綠水
紅掌撥清波
華三川畫於海上並題

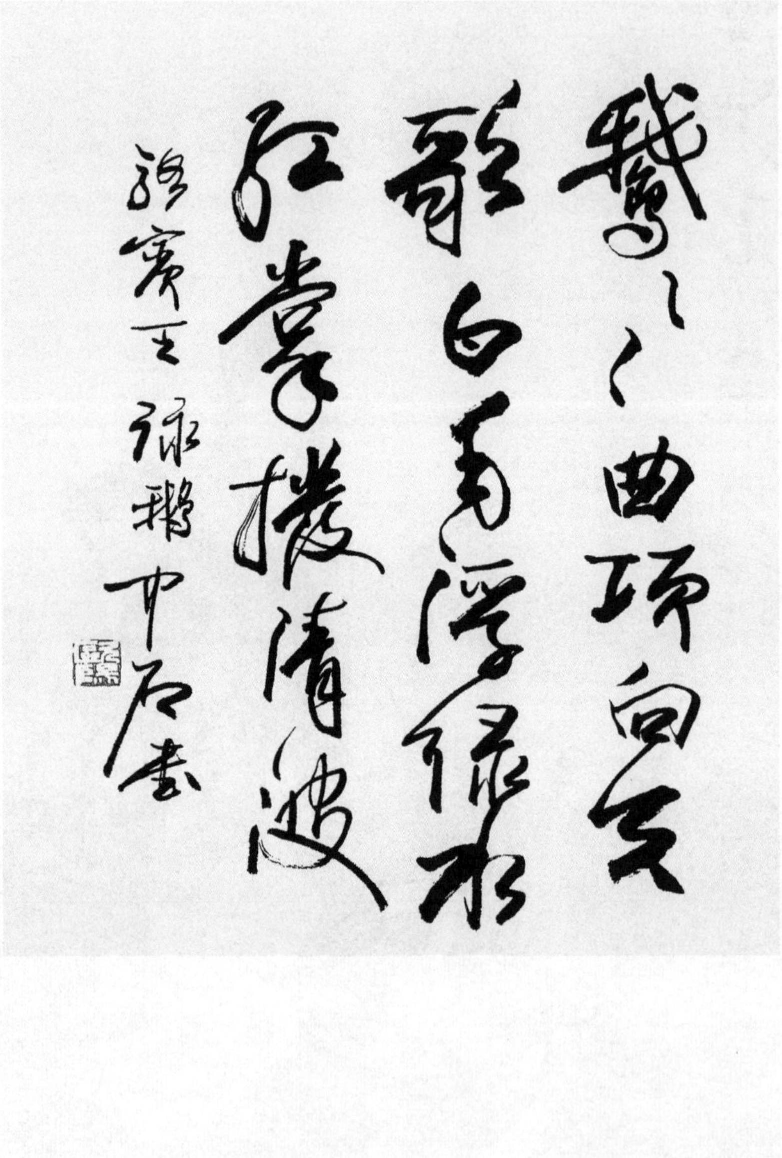
鵝鵝鵝曲項向天歌
白毛浮綠水
紅掌撥清波
駱賓王詠鵝 中石書

歐陽中石

駱賓王《詠鵝》

中石書

詠柳

賀知章

碧玉妝成一樹高，
萬條垂下綠絲縧。
不知細葉誰裁出，
二月春風似剪刀。

碧玉：比喻澄淨、青綠色的景物，這裏形容柳樹清新嫩綠的顏色。一說人名，南朝宋汝南王妾。《樂府詩集》有汝南王作的《碧玉歌三首》，其中有「碧玉小家女」句。後以「碧玉」指小家女或美貌的婢妾。這裏以美女喻柳。

妝：裝飾，打扮。

縧（tāo）：用絲編織成的帶子，這裏用來比喻綠色的柳條。

這首詩是賀知章詠物詩的代表作之一，也是古今傳誦的名篇佳品。詩歌描寫早春二月的楊柳，凸現了楊柳婀娜的風姿，將春風形象化，把春風比作是靈巧的剪刀。這就使得此詩具有了很強的形象性。同時清新活潑的語言、自然流暢的詩風也是這首詩的一個重要特色。

詠柳 賀知章
碧玉妝成一樹高萬條垂下綠絲
絛不知細葉誰裁出
二月春風似剪刀
華三川畫於海上

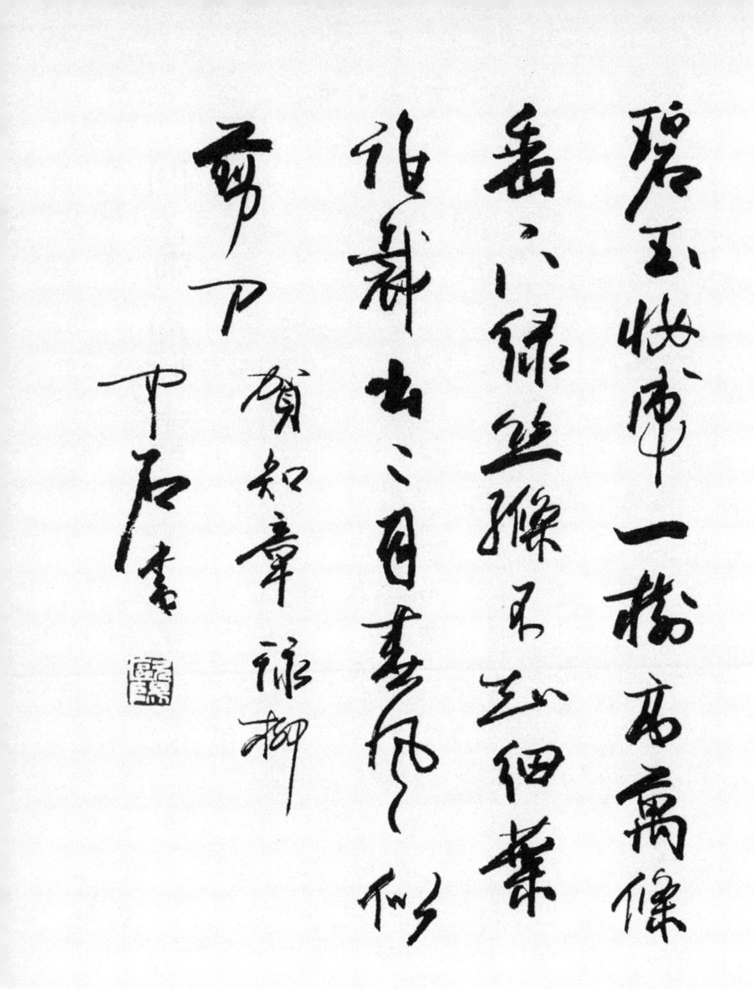
碧玉妝成一樹高萬條
垂下綠絲絛不知細葉
誰裁出二月春風似
剪刀
賀知章詠柳
中石書

歐陽中石
賀知章《詠柳》
中石書

華三川
華三川畫於海上

回鄉偶書

賀知章

少小離鄉老大回，
鄉音難改鬢毛衰。
兒童相見不相識，
笑問客從何處來。

「少小」句：概括了數十年久客他鄉，暗寓自傷「老大」之情。
鬢毛衰：耳邊的頭髮疏落，寫出「老大」之態。
「笑問」句：在兒童，是把詩人當成遠方來客，有禮貌而透着高興的問訊；在詩人，卻別有一番滋味在心頭。

這首詩抒寫了詩人初歸故鄉時的久客傷老之情。賀知章辭去朝廷官職，返回故鄉時已八十六歲。這時，距他中年離鄉已有五十多個年頭了。告老返鄉，感慨萬端，寫了《回鄉偶書》二首。這裏選的一首，感情逼真，語言樸實無華，是源於生活、發於心底的好詩。

賀知章《回鄉偶書》詩味
庚辰秋寫於長春
士榮畫記

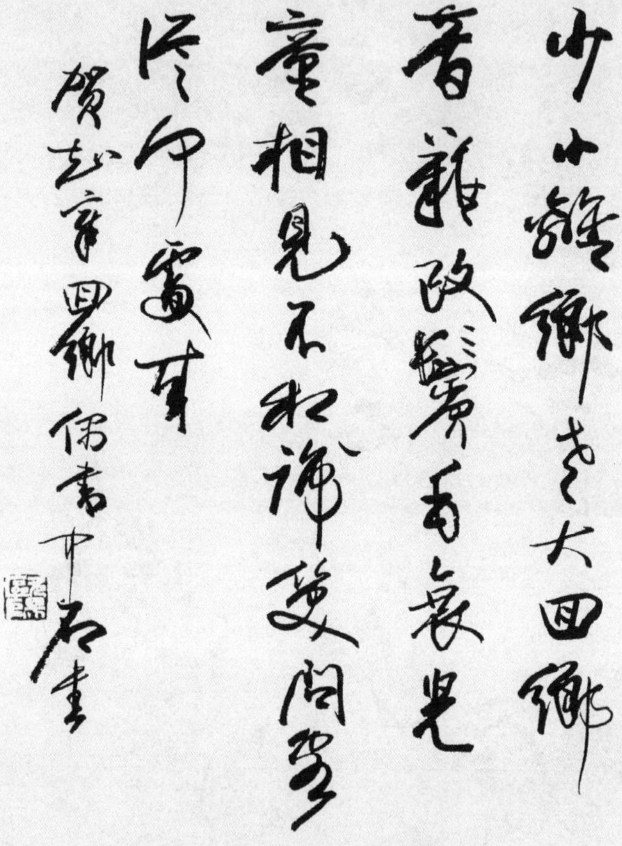
少小離鄉老大回鄉
音難改鬢毛衰兒
童相見不相識笑問客
從何處來
賀知章回鄉偶書 中石書

歐陽中石

賀知章《回鄉偶書》
中石書

次北固山下

王灣

客路青山外，行舟綠水前。
潮平兩岸闊，風正一帆懸。
海日生殘夜，江春入舊年。
鄉書何處達，歸雁洛陽邊。

風正：順風。
鄉書：家信。
歸雁：古時有鴻雁傳書的傳說。

這首詩寫江南秀麗景色。中間二聯被譽為「詩人以來，少有此句」（殷璠）。詩寫舟停靠北固山下，觀潮平岸闊、夜殘雁歸的感觸。對仗工麗而又跳脫，氣象闊大。詩人雖身處客路，羈旅之情下傳遞給讀者的卻是積極樂觀的情緒。特別是第三聯「海日生殘夜，江春入舊年」，寫時序的轉變，以海日驅走黑夜，以江春引進新年，不僅寫景真切，敘事確切，且充溢着一種爽朗俊逸的精神，故此詩又作為反映初唐詩歌特質的典型，經常被人提及。次，停靠。北固山，在今江蘇鎮江北，三面臨江。

孫文鐸 繪

王灣《次北固山下》詩句
辛巳秋日
文鐸並記

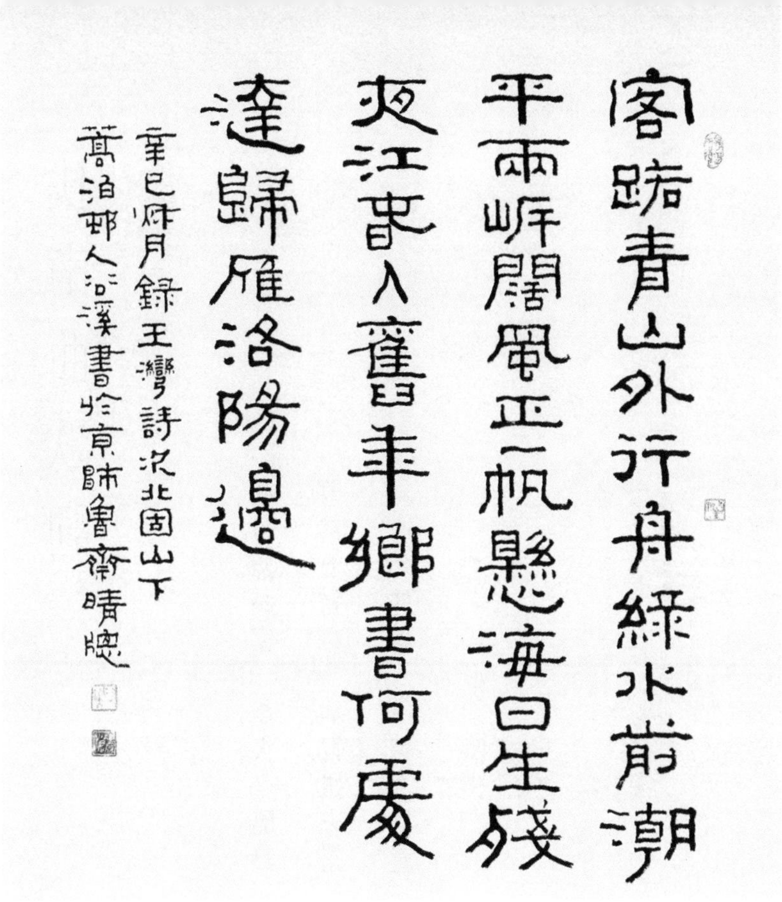
客路青山外行舟綠水前潮
平兩岸闊風正一帆懸海日生殘
夜江春入舊年鄉書何處
達歸雁洛陽邊
辛巳秋月錄王灣詩次北固山下
蒿泊村人谷溪書於京師魯齋晴窗

谷溪 書

辛巳秋月錄王灣詩《次北固山下》
蒿泊村人谷溪書於京師魯齋晴窗

扶南曲歌詞

王維

朝日照綺窗，佳人坐臨鏡。
散黛恨猶輕，插釵嫌未正。
同心勿遽遊，幸待春妝竟。

綺窗：雕畫花紋的窗戶。
散黛：塗黛於眉。黛，古代女子畫眉用的青黑色顏料，亦指粉末狀之黛，黛粉。
同心：指心心相印的同伴。
遽（jù）遊：匆忙出遊。
幸：希望。

這首詩寫春日宮人精心打扮，準備和同伴出遊的情景。扶南曲歌詞，依扶南國樂曲所填之詞。《樂府詩集》列入「新樂府辭」，詩題無「歌詞」二字。此詩共五首，今選其一。扶南，古國名，在今柬埔寨。

董淑嬪 繪

一九八〇年秋月於北京畫院

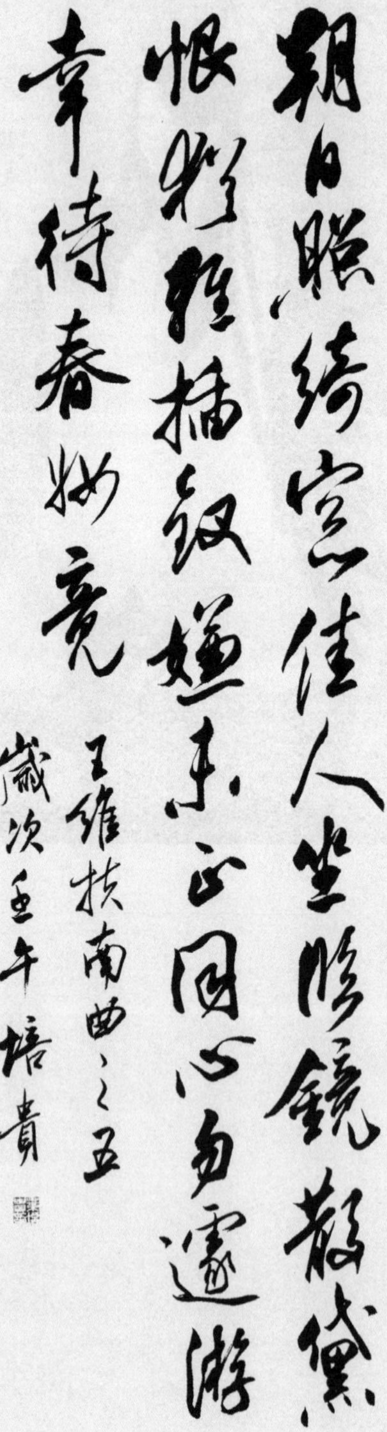
朝日照綺窗佳人坐臨鏡散黛
恨猶輕插釵嫌未正同心勿遽游
幸待春妝竟
王維扶南曲之五
歲次壬午培貴

葉培貴

王維《扶南曲》之五

歲次壬午

培貴

渭川田家

王維

斜陽照墟落，窮巷牛羊歸。
野老念牧童，倚杖候荊扉。
雉雊麥苗秀，蠶眠桑葉稀。
田夫荷鋤至，相見語依依。
即此羨閑逸，悵然吟式微。

墟落：村莊。窮巷：深巷。荊扉：柴門。雉：野雞。
雊（gòu）：鳴叫。秀：禾苗吐花。
蠶眠：指蠶蛻皮時，不食不動，如睡眠狀。
荷（hè）：負。語依依：親切地交談。
「即此」句：就是這些情景，也覺得閑散安逸之可羨慕了。
式微：《詩經・邶風》中篇名。其中有「式微式微，胡不歸」之句，此處取「胡不歸」之意，表示詩人有歸隱田園之意。

這首詩寫初夏傍晚的農村景象，生動地描繪了一幅充滿生活情趣的田家晚歸圖卷。夕陽的餘輝斜照在村莊田舍上，里巷中，各家的牛羊歸圈，牧童也回家了。村落、荊扉、麥苗、桑葉，景物清晰，色彩和諧，氣氛安詳閑逸，詩人的欣羨、嚮往之情油然而生。渭川，渭水。

王維渭川
田家詩意圖
斜光照墟
落窮巷
牛羊歸
野老念牧
童倚杖
候荊扉
雉雊麥苗
秀蠶眠
桑葉稀
田夫荷鋤
至相見
語依依
己巳年秋
月滋齡寫
於北京

杜滋齡

王維《渭川田家》詩意圖

己巳年秋月

滋齡寫於北京

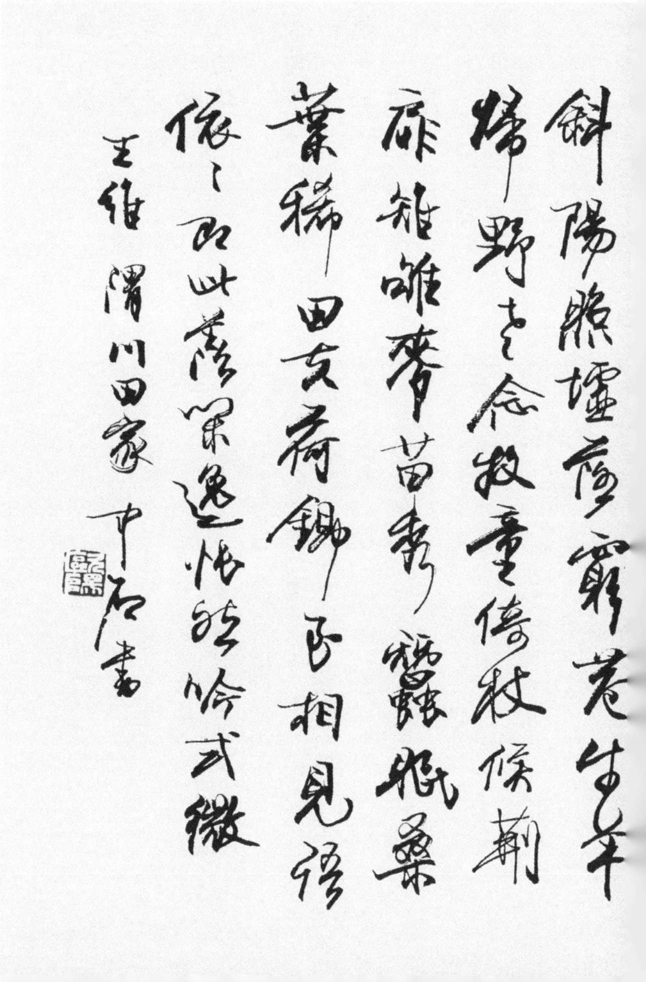
斜陽照墟落窮巷牛羊
歸野老念牧童倚杖候荊
扉雉雊麥苗秀蠶眠桑
葉稀田夫荷鋤至相見語
依依即此羨閒逸悵然吟式微
王維渭川田家 中石書

歐陽中石

王維《渭川田家》
中石書

西施詠

王維

豔色天下重，西施寧久微。
朝為越溪女，暮作吳宮妃。
賤日豈殊眾，貴來方悟稀。
邀人傅香粉，不自著羅衣。
君寵益嬌態，君憐無是非。
當時浣紗伴，莫得同車歸。
持謝鄰家子，效顰安可希。

這首詩寫西施的故事。西施，即西子。相傳是春秋時越國美女，本是賣柴人家女兒，後被越王句踐獻與吳王夫差，頗受寵愛，最後吳國為越國所滅。全詩寫西施姿色豔麗，因受寵而顯貴，告誡世人不要醜女效顰，寓意深刻。

「豔色」兩句：意謂西施這樣豔美，怎麼會永遠微賤下去。寧，豈。

越溪：指若耶溪，在今浙江紹興東南，傳為西施浣紗處。

豈殊眾：沒什麼與眾不同。

傅：通「敷」，抹。

羅：絲織品。

憐：愛憐。

「當時」兩句：意即當時那些在一起浣紗的女伴們，沒有誰能與西施同車而歸，到吳宮中去共享榮華富貴。

持謝：奉告。

鄰家子：西施的東鄰，傳說中的東施。古代女子也叫「子」。

「效顰（pín）」句：相傳西施因病捧心而皺眉，當地醜女認為很美，也捧心皺眉，結果大家都避開醜女。這句是說，沒有西施那樣美貌，單是效顰只能令人生厭。顰，皺眉。安可希，怎能希望別人的賞識。

陳謀 繪

西施浣紗
庚辰夏月作於京華
陳謀

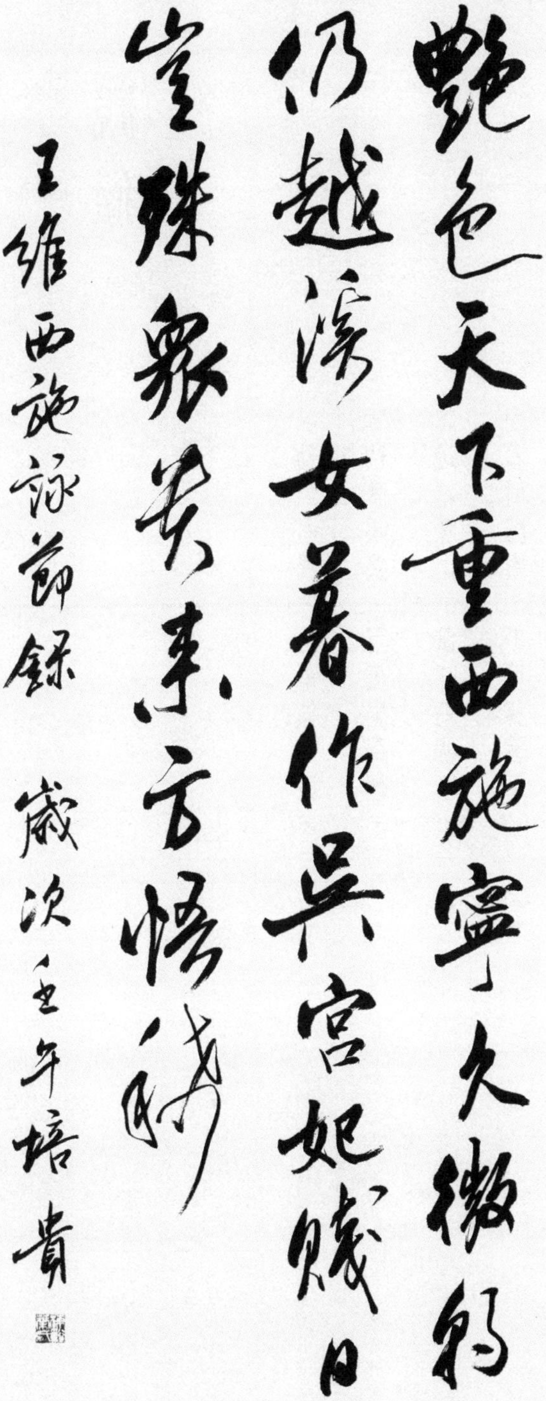
艷色天下重西施寧久微朝
為越溪女暮作吳宮妃賤日
豈殊衆貴來方悟稀
王維西施詠節錄 歲次壬午培貴

葉培貴

王維《西施詠》節錄
歲次壬午
培貴

觀獵

王維

風勁角弓鳴，將軍獵渭城。
草枯鷹眼疾，雪盡馬蹄輕。
忽過新豐市，還歸細柳營。
回看射雕處，千里暮雲平。

角弓：用獸角裝飾的弓。
鳴：指拉弓放箭的響聲。
渭城：秦故城咸陽，在渭水北岸。
鷹眼疾：言獵鷹眼光鋭利。
新豐：即今陝西新豐，在長安東北。
細柳營：西漢名將周亞夫駐軍處，在今陝西咸陽西南渭河北岸。這裏代指將軍駐地。
射雕處：指射殺獵物之處。雕，極善飛，難能射中。

這首詩寫將軍在冬季的渭城狩獵的情景，描繪了射箭躍馬的英姿，出獵和獵歸的喜悦心境。風格多變，既道勁又輕快。

劉大為

獵騎圖
寫王維《觀獵》詩意
庚午孟春
大為作

風勁角弓鳴，將軍獵渭城。
草枯鷹眼疾，雪盡馬蹄輕。
忽過新豐市，還歸細柳營。
回看射鵰處，千里暮雲平。

王維觀獵　中石書

歐陽中石

王維《觀獵》
中石書

竹裏館

王維

獨坐幽篁裏，
彈琴復長嘯。
深林人不知，
明月來相照。

幽篁：幽深茂密的竹林。
嘯：舊釋為「蹙口而出聲」，類似口哨聲。

這首詩借月夜竹林清幽的優美景色，抒寫出詩人閑適自樂、孤寂恬淡的自得情懷。竹裏館，是王維《輞川集》二十首中的第十七首。

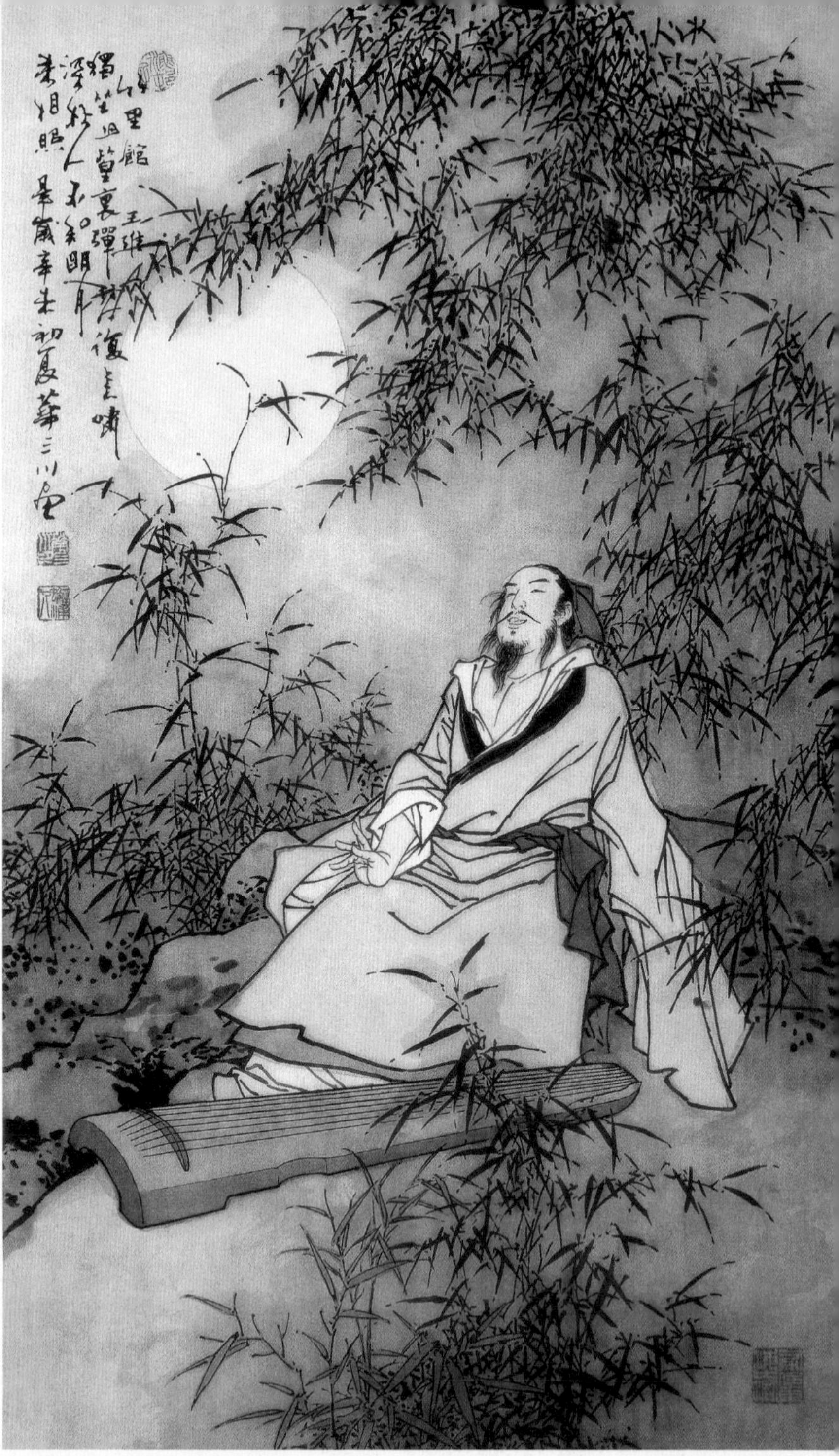
竹里館 王維
獨坐幽篁裏 彈琴復長嘯
深林人不知 明月來相照
是歲辛未初夏華三川畫

華三川 繪

是歲辛未初夏
華三川畫

啟功

輞川名句
癸酉夏
啟功

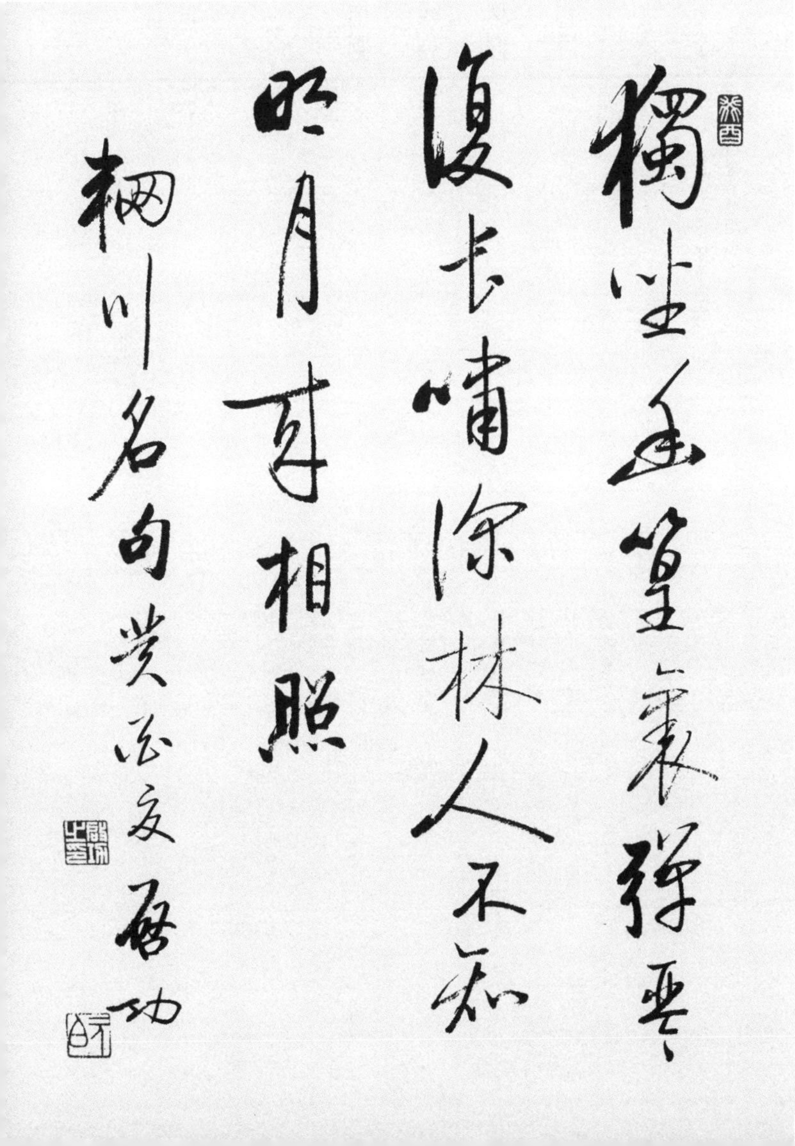
獨坐幽篁裏
彈琴復長嘯
深林人不知
明月來相照
輞川名句
癸酉夏
啟功

相思

王維

紅豆生南國，
春來發幾枝。
願君多採擷，
此物最相思。

紅豆：為紅豆樹、海紅豆及相思子等植物種子的統稱，其色鮮紅，古人常用以象徵愛情或相思。
南國：南方。
春：一作「秋」。
採擷（xié）：摘取。

此詩一作《相思子》，又作《江上贈李龜年》，是詩人給朋友的一首小詩。這首詩借詠紅豆，托物言情，表達對友人的深深思念之情。真摯而含蓄，語淺而思深，是歷來詠紅豆、寫相思詩作中的代表作。

華三川 繪
歲在己巳春月

紅豆生南國春來發幾枝
願君多採擷此物最相思
歲在乙巳春月
華三川寫於海上

蘇士澍 書

王維《相思子》詩
辛巳之秋
蘇士澍書

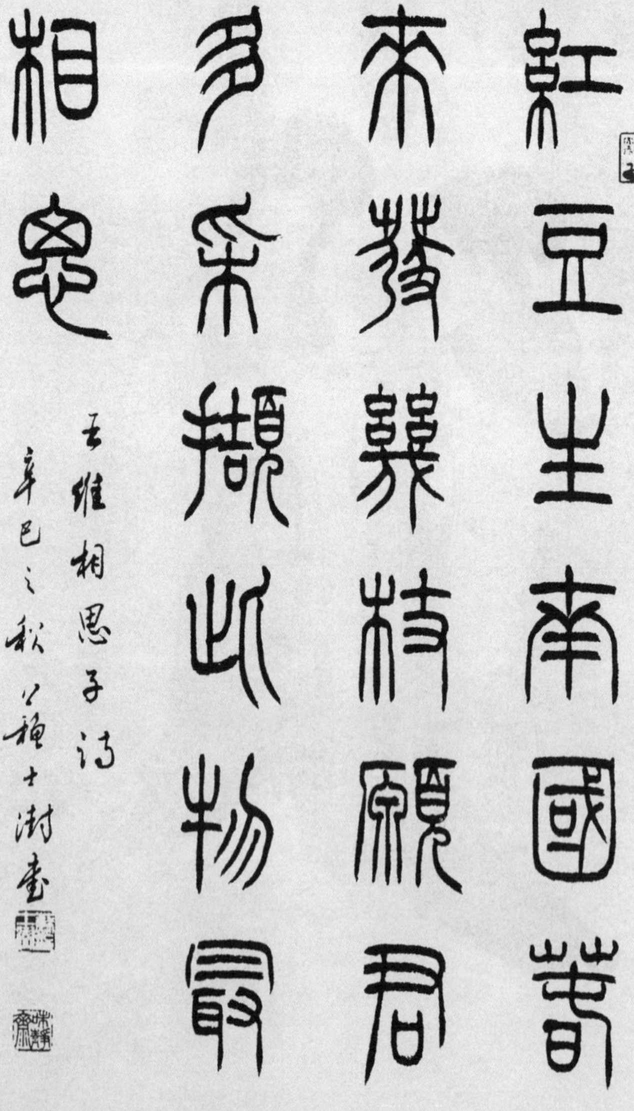

九月九日憶山東兄弟

王維

獨在異鄉為異客，
每逢佳節倍思親。
遙知兄弟登高處，
遍插茱萸少一人。

異鄉：他鄉。
茱萸（zhū yú）：落葉喬木，有濃烈的香味。古代風俗，重陽節摘茱萸插戴頭上可以辟邪惡，消災禍。

這首詩寫作客他鄉過重陽節時的懷鄉思親之情，感情真摯深沉，高度概括了人之常情。「每逢佳節倍思親」，表達出人們普遍有過的體驗，有強烈的感染力。九月九日，重陽節。山東兄弟，王維家居蒲州（今山西永濟），在華山以東，故稱留在家鄉的兄弟為「山東兄弟」。

九月九日憶山東兄弟 王維
獨在異鄉為異客
每逢佳節倍思親
遙知兄弟登高處
遍插茱萸少一人

戴敦邦

乙亥秋日

戴敦邦作唐詩意圖百首於滬上

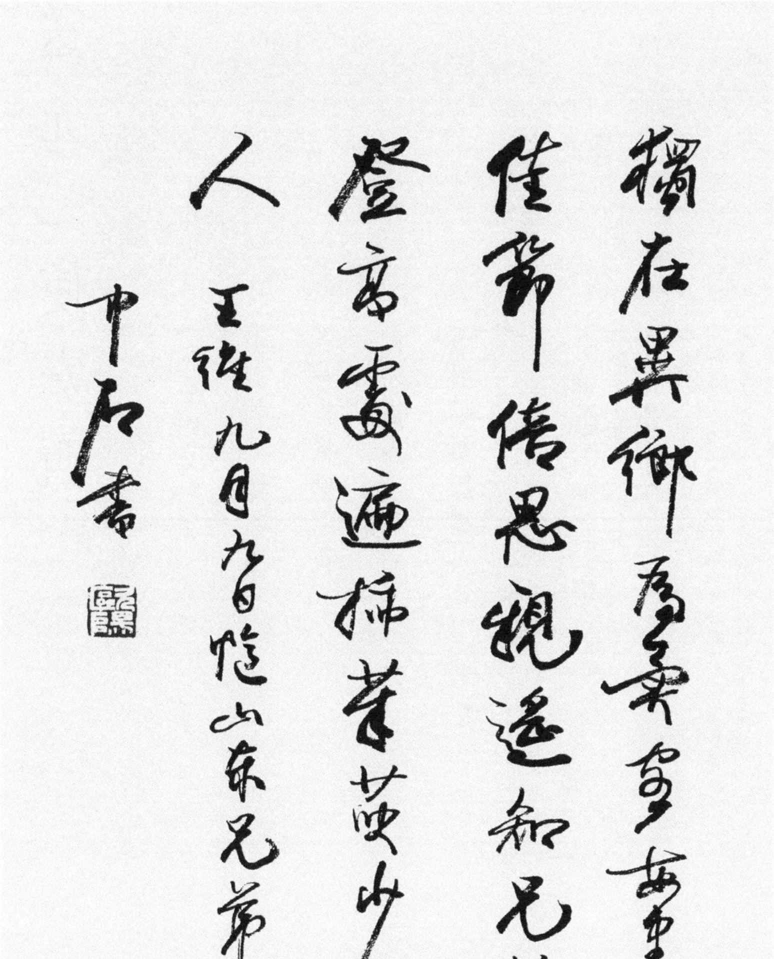
獨在異鄉為異客
每逢佳節倍思親
遙知兄弟登高處
遍插茱萸少一人
王維九月九日憶山東兄弟
中石書

歐陽中石 書

王維《九月九日憶山東兄弟》

中石書

送元二使安西

王維

渭城朝雨浥輕塵，
客舍青青柳色新。
勸君更盡一杯酒，
西出陽關無故人。

渭城：秦都咸陽故城，在長安西北，渭水北岸。
浥（yì）：濕潤。
客舍：指餞別的處所。
更：再。
陽關：今甘肅敦煌西南，為自中原赴西北必經之路。當時行人到西北去，都要經渭城，出陽關或玉門關。
故人：指像自己這樣知心的朋友。

這首詩寫送別的情景，抒發了朋友之間的深情厚誼，表達了真摯的惜別之情。元二，作者排行老二的元姓朋友。使安西，出使安西。安西，唐朝中央政府為統轄西域地區而設的安西都護府的簡稱，治所在龜茲城（今新疆庫車）。

戴敦邦 繪

丙子新春
戴敦邦作唐詩
百首詩意圖於
滬上田林

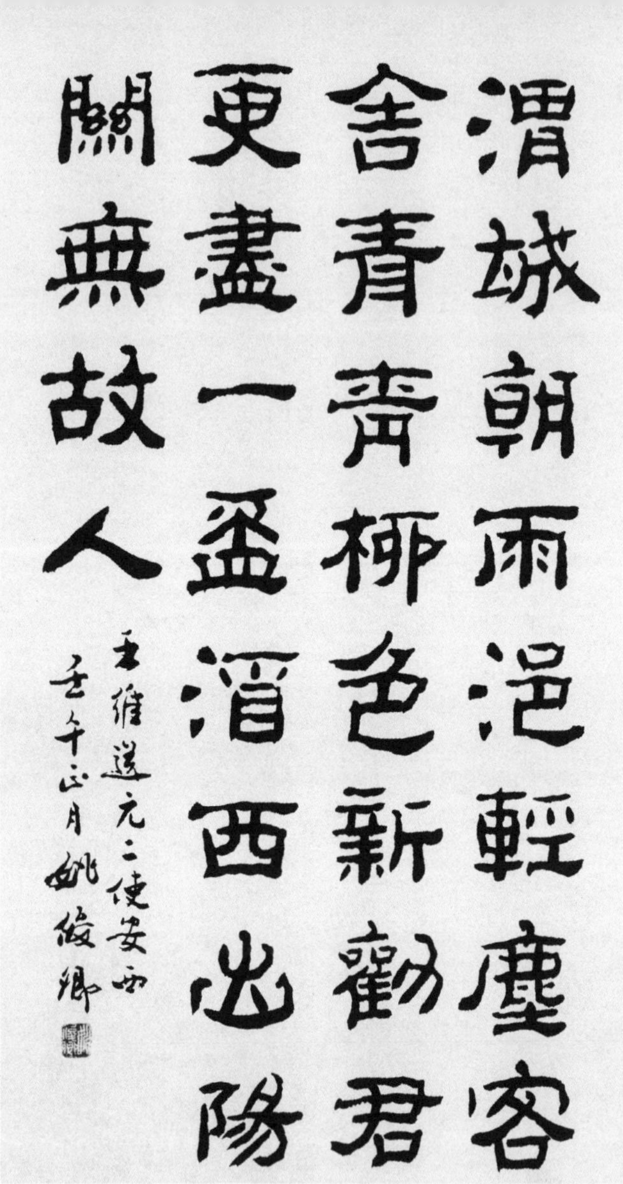
渭城朝雨浥輕塵客
舍青青柳色新勸君
更盡一盃酒西出陽
關無故人
王維送元二使安西
壬午正月姚俊卿

姚俊卿

王維《送元二使安西》
壬午正月
姚俊卿

長干曲

崔顥

其一

君家何處住？妾住在橫塘。

停船暫借問，或恐是同鄉。

其二

家臨九江水，來去九江側。

同是長干人，自小不相識。

橫塘：今南京西南，在長干近旁。

九江：古時相傳長江流至潯陽（今江西九江）分為九派（九支），此指長江下游一段。

這兩首詩，抓住人生片段中的一剎那情景，用一問一答的形式，樸質真率的口語，表現了同鄉青年男女相見時直率親熱的情感。長干曲，樂府《雜曲歌辭》舊題，多述江南水上生活及男女情愛。長干，地名。在今南京南面。

長干曲 崔顥
君家何處住妾住在橫塘停船暫借問或恐是同鄉家臨九江水來去九江側同是長干人生小不相識

戴敦邦

乙亥

戴敦邦作唐詩意圖

谷溪

壬午新春書崔顥《長干曲》一首

師魯齋主人谷溪於京華

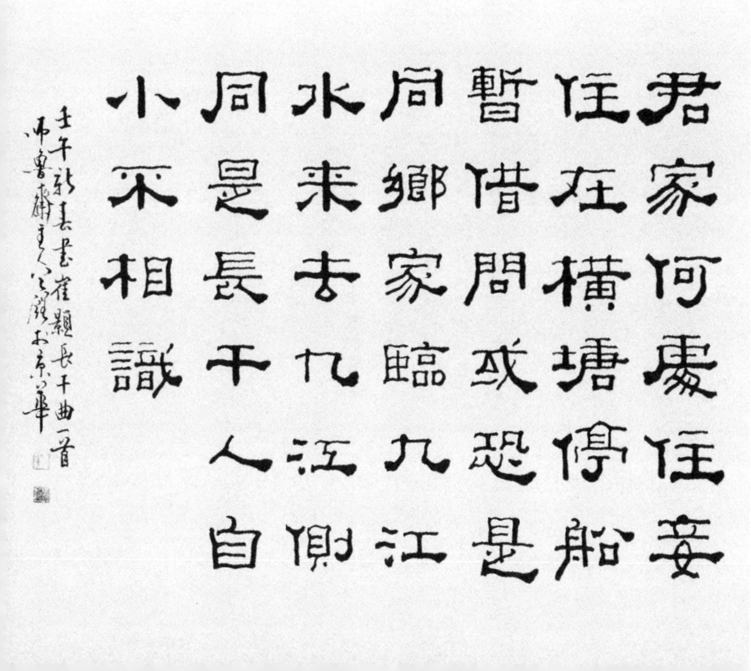
君家何處住妾
住在橫塘停船
暫借問或恐是
同鄉家臨九江
水來去九江側
同是長干人自
小不相識
壬午新春書崔顥長干曲一首
師魯齋主人谷溪於京華

從軍行

王昌齡

青海長雲暗雪山，
孤城遙望玉門關。
黃沙百戰穿金甲，
不破樓蘭終不還。

青海：青海湖，在今青海西寧西。長雲：漫天的濃雲。
雪山：指祁連山，在甘肅省，常年積雪。孤城：指玉門。
玉門關：古代通往西北的邊塞關口，在今甘肅省，是唐代的邊境重鎮。穿：磨穿。
金甲：鎧甲，古代兵士穿的戰衣。
樓蘭：漢代西域小國，在今新疆鄯善東南一帶。西漢時，樓蘭國王勾結匈奴，多次殺害漢朝通西域的使臣。這裏借指侵擾唐朝西北地區的軍隊。

這首詩，描繪了邊塞艱苦、險惡的自然條件，表現了守邊將士不畏艱險，英勇頑強，誓死消滅敵人的決心和英雄氣概。從軍行，古代樂府曲調名。

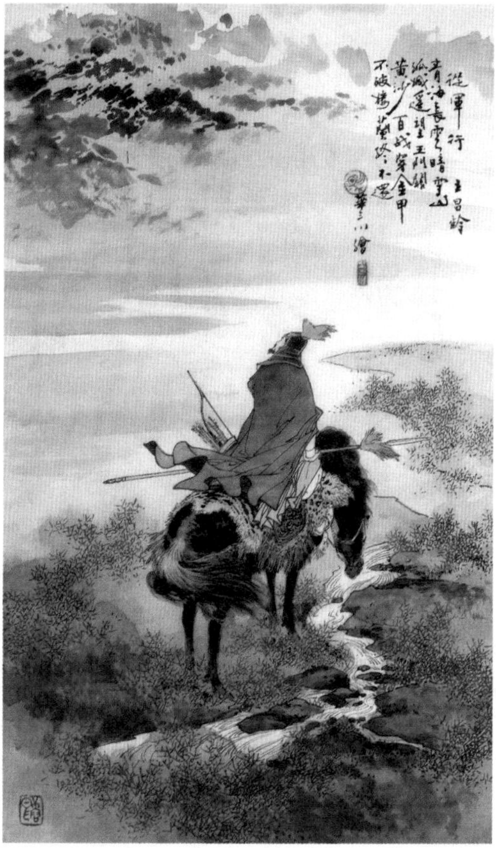
從軍行 王昌齡
青海長雲暗雪山
孤城遙望玉門關
黃沙百戰穿金甲
不破樓蘭終不還
華三川繪

華三川

——華三川繪

歐陽中石 書

王昌齡《從軍行》

中石

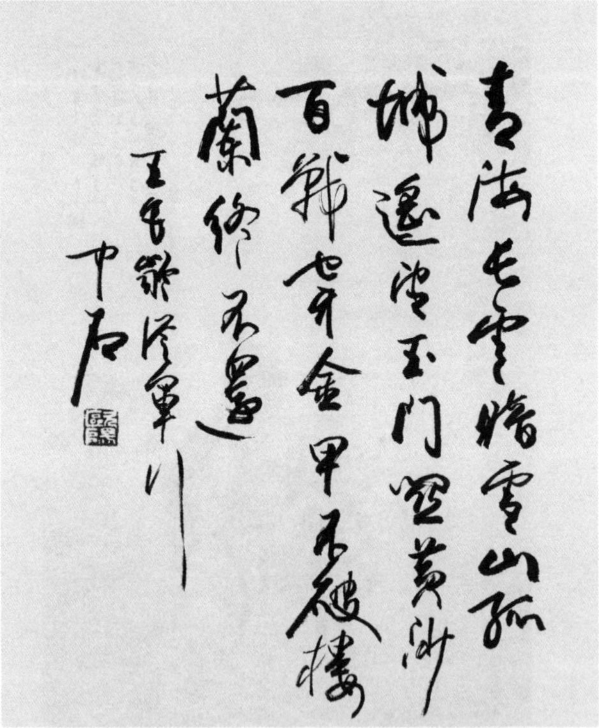
青海長雲暗雪山孤
城遙望玉門關黃沙
百戰穿金甲不破樓
蘭終不還
王昌齡從軍行
中石

出塞

王昌齡

秦時明月漢時關，
萬里長征人未還。
但使龍城飛將在，
不教胡馬度陰山。

但使：只要。龍城飛將：指漢代名將李廣，英勇善戰，匈奴人稱其為「飛將軍」，不敢進犯他守衛的地方。龍城，即盧龍城，李廣駐軍的地方，在今河北盧龍。不教：不讓，不使。
胡馬：胡人的馬兵。胡，古代漢民族對北方少數民族的通稱，這裏指進犯的軍隊。度：越過。陰山：陰山山脈，在今內蒙古自治區中部。漢時匈奴軍隊常由此進犯中原。

這首詩通過對漢朝名將李廣的懷念，表達了作者對遠征不歸的戰士的同情和對邊防的憂心，希望唐王朝能任用得力的將領來抵禦侵擾，以保障邊遠地區的和平安寧。
出塞，是古代樂府的曲調名。

秦時明月漢時關
萬里長征人未還
但使龍城飛將在
不教胡馬度陰山
沈鵬書

沈鵬

沈鵬書

出塞
秦時明月漢時關 萬里長征人未還 但使龍城飛將在 不教胡馬度陰山 昌齡 庚午春戴敦邦并題

戴敦邦

王昌齡
庚午春
戴敦邦畫詩意

題破山寺後禪院

常建

清晨入古寺，初日照高林。
竹徑通幽處，禪房花木深。
山光悅鳥性，潭影空人心。
萬籟此都寂，但餘鐘磬音。

萬籟（lài）：大自然中的一切聲響。
鐘磬（qìng）：寺院誦經、齋供時需敲鐘、擊磬。

這首詩，從清晨山寺的特定景色入手，極寫後禪院的幽寂，竹徑、花木、山光、潭影、鐘磬聲等，都極好地起到了烘托的作用，而「竹徑」兩句以寫景的渾成，「山光」兩句以隱含的禪理，尤為後人推崇，是唐詩中寫靜景的名篇。破山寺，即興福寺，故址在今江蘇常熟虞山北。

孫文鐸

常建《題破山寺後禪院》詩意
辛巳秋日
文鐸寫

常建題破山寺後禪院詩意
辛巳秋日

清晨入古寺　初日照高林

曲逕通幽處　禪房花木

深山光悦鳥性　潭影空

人心萬籟此皆空　惟

鐘磬音　書建詩　伯碩

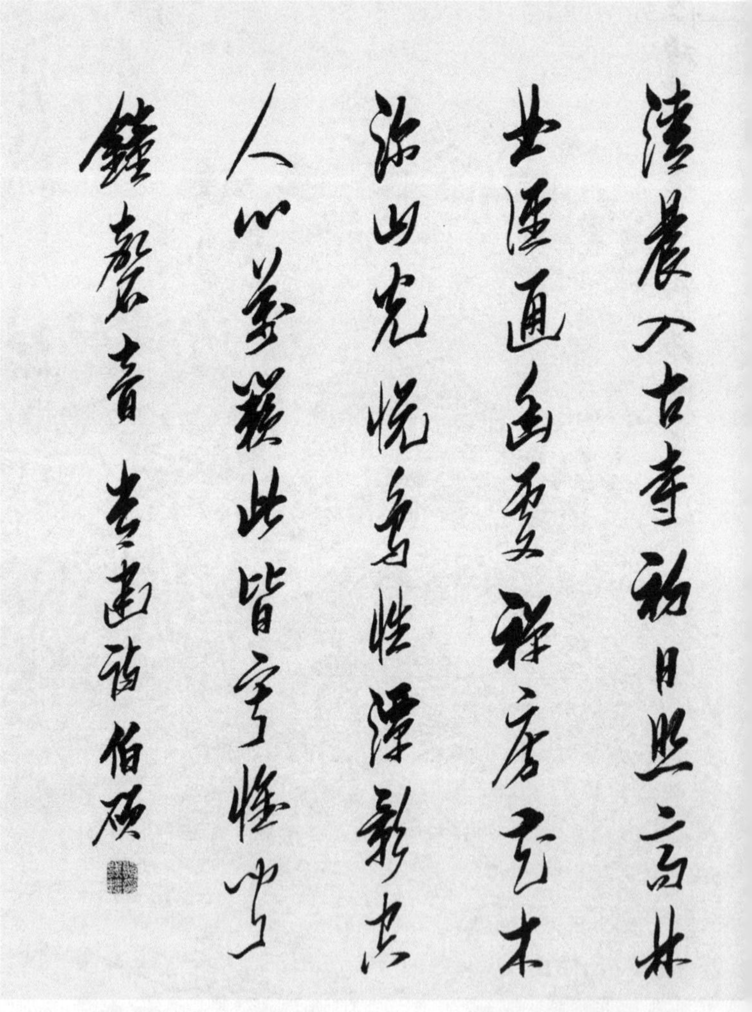

逢雪宿芙蓉山主人

劉長卿

日暮蒼山遠，
天寒白屋貧。
柴門聞犬吠，
風雪夜歸人。

日暮：日落時，傍晚。
白屋：白茅覆蓋之屋，古代平民所居。
柴門：用樹枝編紮的簡陋的門，也指貧苦之家。

這首詩描寫了風雪之夜在山中人家投宿的情景，意境幽邃蕭索，筆墨簡淡、自然，極具藝術感染力。劉長卿曾自詡為「五言長城」，這首五絕算得上是他的代表作。

逢雪宿芙蓉山主人 劉長卿
日暮蒼山遠天寒白屋貧柴門聞犬
吠風雪夜歸人
甲戌華三川繪

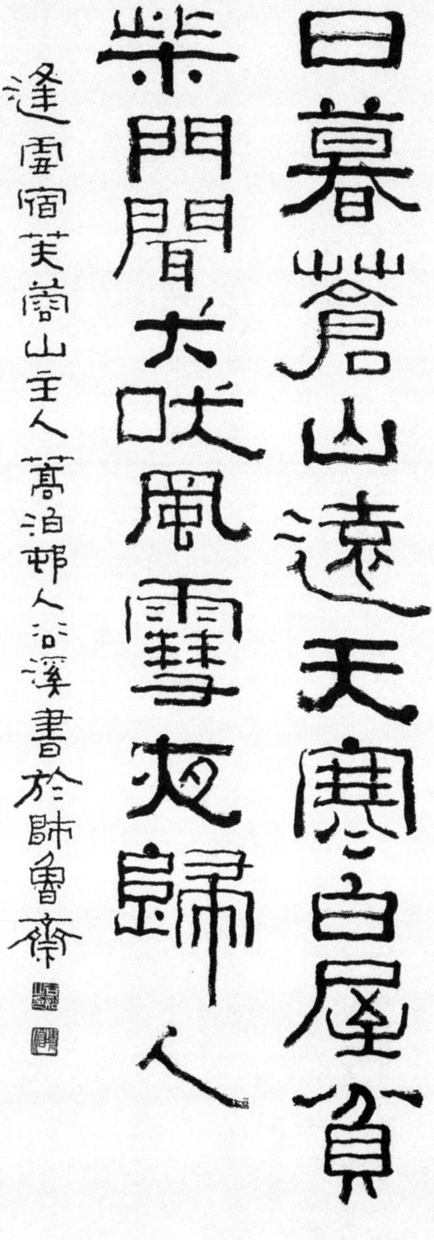
日暮蒼山遠天寒白屋貧
柴門聞犬吠風雪夜歸人
逢雪宿芙蓉山主人 蒿泊邨人谷溪書於師魯齋

甲戌
華三川繪

谷溪

《逢雪宿芙蓉山主人》
蒿泊村人谷溪書於師魯齋

聽彈琴

劉長卿

泠泠七弦上，
靜聽松風寒。
古調雖自愛，
今人多不彈。

泠泠（líng）：水聲，這裏形容琴聲清越。
七弦：指琴，有七弦。
松風：琴曲中有《風入松》的調名，又以此形容琴聲的淒清，一語雙關。
古調：指《風入松》高雅平和的琴聲。
多不彈：反襯出知音者的稀少。

這首詩在《全唐詩》中出現後，又有《雜詠八首》下小題《幽琴》詩，共八句。詩題下注曰：「中二聯作聽琴絕句，已見前卷。」就是這首五絕。詞句稍有不同。是借聽琴抒發個人失意感慨的詩。曲高和寡，不合時宜，知音難覓，同時流露出孤芳自賞的情調。

馬援 繪

（柳）（劉）長卿詩意

壬午之春

祥雲軒主人馬援

冷冷七弦上
靜聽松風寒
古調雖自愛
今人多不彈
柳長卿詩意
壬午之春
祥雲軒主人
馬援

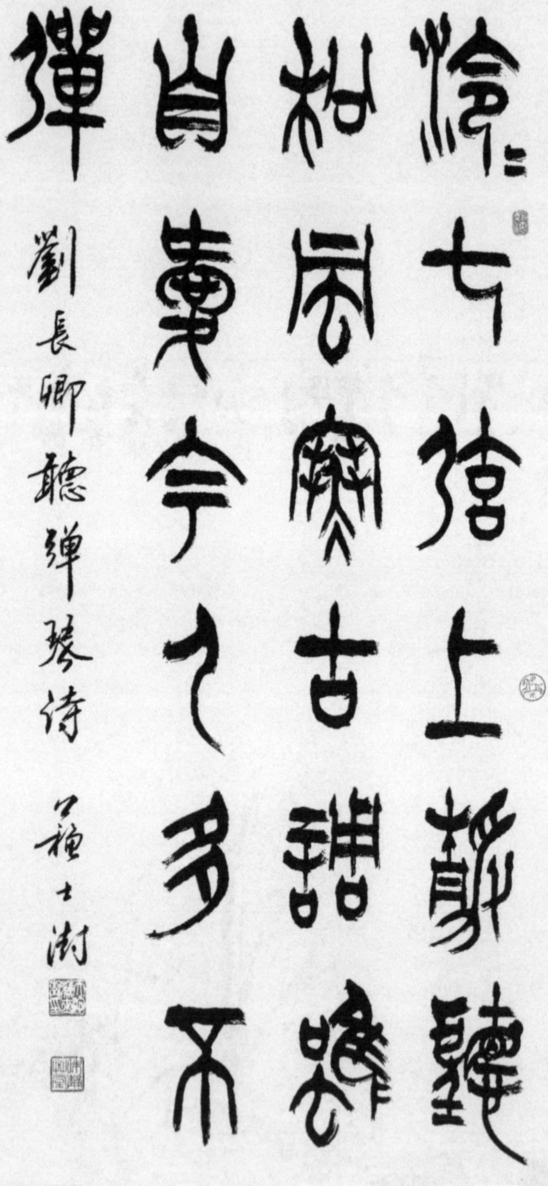
泠泠七絃上聽
松風寒古調雖
自愛今人多不
彈
劉長卿聽彈琴詩
蘇士澍

蘇士澍

劉長卿《聽彈琴》詩

蘇士澍

宿業師山房期丁大不至

孟浩然

夕陽度西嶺，群壑倏已暝。
松月生夜涼，風泉滿清聽。
樵人歸欲盡，煙鳥棲初定。
之子期宿來，孤琴候蘿徑。

倏：轉瞬間，很快地。
暝：天黑。
樵人：砍柴的人。
期宿：相約共宿。
蘿徑：藤蘿遮掩的小路。

這首詩表達幽居的閑適之情，山水清音，悠然自得。業師，尊稱一位名「業」的僧人為師。詩人另有一詩《疾愈過龍泉寺精舍呈易、業二上人》，則此「業」僧似是一人。山房，當即「龍泉寺精舍」。丁大，大是排行，據詩人《送丁大鳳進士赴舉呈張九齡》詩，可知其名為鳳。詩中說：「棄置鄉園老，翻飛羽翼摧。」大概詩人與丁大是同鄉。

劉旦宅

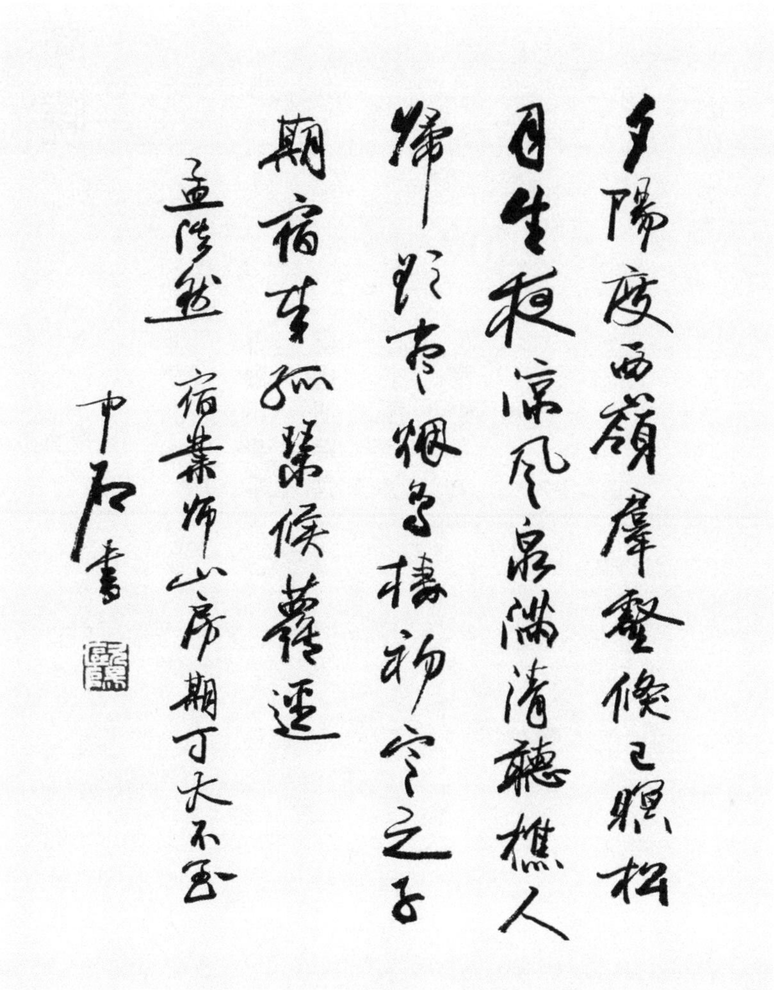
夕陽度西嶺羣壑倏已暝松
月生夜涼風泉滿清聽樵人
歸欲盡烟鳥棲初定之子
期宿來孤琴候蘿逕
孟浩然 宿業師山房期丁大不至
中石書

歐陽中石 書

孟浩然《宿業師山房期丁大不至》

中石書

春曉

孟浩然

春眠不覺曉，
處處聞啼鳥。
夜來風雨聲，
花落知多少。

這首詩寫春天雨後早晨的景象，表達了詩人對美好春光的喜愛。詩中景真情真，自然天成，語言精練，音韻和婉，所以一直為人們所傳誦。春曉，春天的早晨。

丙子年春日
戴敦邦作唐詩百首詩意圖於
滬上田林

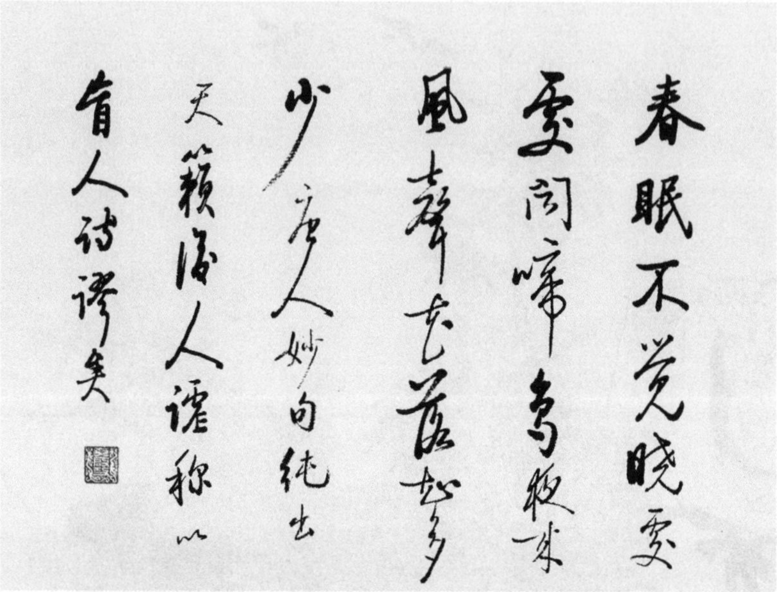

啟功

唐人妙句純出天籟
後人詎稱以盲人詩
謬矣

宿建德江

孟浩然

移舟泊煙渚，
日暮客愁新。
野曠天低樹，
江清月近人。

移舟：將船靠近岸邊。
煙渚：煙霧迷蒙的水中小塊陸地。客：指詩人自己。
新：增添。
野曠：原野空曠遼闊。
天低樹：遠處的天空顯得比樹還低。
月近人：月映江中，似乎離人很近。

這首詩寫在建德江夜宿舟中所見晚景，表達了遊程的孤寂之情。建德江，指新安江流經建德（今屬浙江）的一段江水。

宿建德江 孟浩然
移舟泊煙渚日暮客愁
新野曠天低樹江清
月近人

歐陽中石 書

孟浩然《宿建德江》

中石

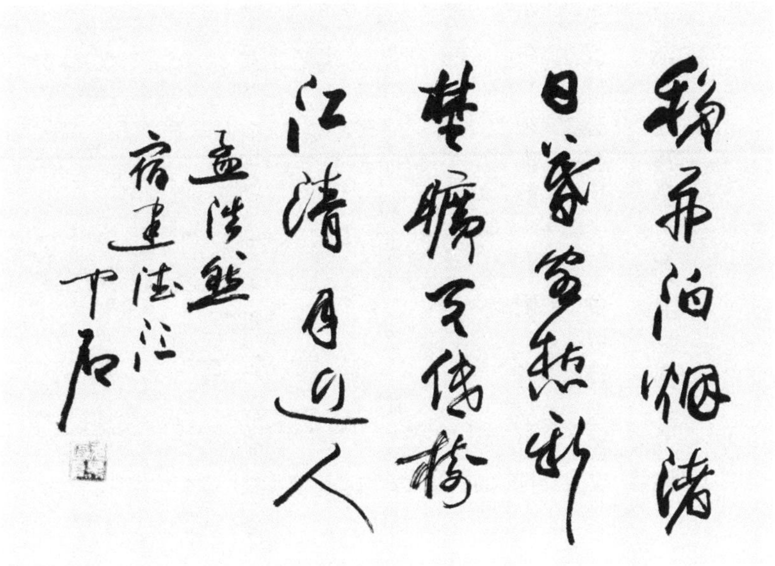

華三川 繪

歲在丙子冬日

浙東華三川畫之

將進酒

李白

君不見黃河之水天上來，奔流到海不復回。
君不見高堂明鏡悲白髮，朝如青絲暮成雪。
人生得意須盡歡，莫使金樽空對月。
天生我材必有用，千金散盡還復來。
烹羊宰牛且為樂，會須一飲三百杯。

「將進酒」為漢樂府舊題，多寫飲酒放歌。此詩表達樂觀自信、放縱不羈、蔑視功名富貴的豪邁氣概，亦有精神煩悶的消極情緒。

岑夫子，丹丘生，將進酒，杯莫停。
與君歌一曲，請君為我側耳聽。
鐘鼓饌玉不足貴，但願長醉不復醒。
古來聖賢皆寂寞，惟有飲者留其名。
陳王昔時宴平樂，斗酒十千恣歡謔。
主人何為言少錢，徑須沽取對君酌。
五花馬，千金裘，呼兒將出換美酒，
與爾同銷萬古愁。

會須：應當。
岑夫子，丹丘生：岑勳、元丹丘，都是李白好友。
鐘鼓饌（zhuàn）玉：古時富貴人家吃飯時要鳴鐘列鼎，飲食如玉精美，特指富貴。
陳王：曹植，被封為陳王。其《名都篇》有句：「歸來宴平樂，美酒斗十千。」
平樂：觀名，故址在河南洛陽。
斗酒十千：形容酒美價貴。
恣歡謔：縱情尋歡作樂。
五花馬：開元、天寶之際，凡名貴之馬，都得將鬃毛剪成花瓣形，三瓣稱三花，五瓣稱五花。

君不見黃河之水天上來奔流到海不復回君不見高堂明鏡悲白髮
朝如青絲暮成雪人生得意須盡歡莫使金樽空對月天生我材必有用
千金散盡還復來烹羊宰牛且為樂會須一飲三百杯岑夫子丹丘
生將進酒盃莫停與君歌一曲請君為我傾耳聽鐘鼓饌玉不足
貴但願長醉不復醒古來聖賢皆寂寞惟有飲者留其名陳王昔時
宴平樂斗酒十千恣歡謔主人何為言少錢徑須沽取對君酌
五花馬千金裘呼兒將出換美酒與爾同銷萬古愁
李白將進酒 壬午新春之正月時逢雨水於京華 姚俊卿

顧炳鑫

癸酉秋日寫唐詩人李白
造像並錄詩《將進酒》句
於海上蘆頂樓
寶山顧炳鑫
「不」字下漏一「復」字

姚俊卿

李白《將進酒》
壬午新春之正月時逢雨
水於京華
姚俊卿

靜夜思

李白

床前明月光，
疑是地上霜。
舉頭望明月，
低頭思故鄉。

「床前」兩句：寫床前月光。明月光，一作「看月光」。
「舉頭」兩句：寫望月思鄉。明月，一作「山月」。

這首詩寫一個作客他鄉的遊子在月明之夜的思鄉之情。詩的內容單純，感情真摯，語言明白如話，似隨手寫來，卻很有感染力，引人共鳴。

戴敦邦 繪

乙亥金秋時節
戴敦邦作唐詩
意圖百首於滬上

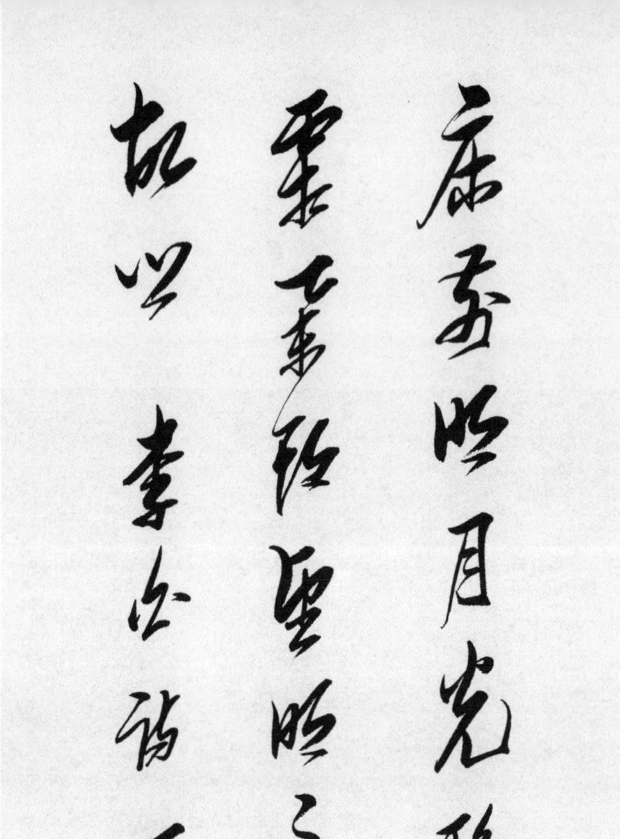

段成桂

李白詩
段成桂

峨眉山月歌

李白

峨眉山月半輪秋，
影入平羌江水流。
夜發清溪向三峽，
思君不見下渝州。

半輪秋：半圓形的秋月。
平羌江：即青衣江，在峨眉山東北。
清溪：即清溪驛，在今四川犍為。
三峽：當為瞿塘峽、巫峽、西陵峽，指前行方向。
君：指月，詩中喻故鄉。
渝州：今重慶。

這首詩通過對峨眉山月的熱情讚美，表達了詩人對蜀地的依戀和懷念。年輕的李白初離蜀地，在夜發清溪的時候，寫下了這首詩。詩中以月亮象徵故鄉，就使故鄉有了集中的美麗形象。詩中連用五個地名，佔了十二字，這是萬首唐人絕句中僅見的。由於組織得精巧，處理富於變化，所以地名雖多，但不呆板。由地名的變易，還顯示着詩人的行程，看似敘事，卻又出景，更蘊含着情，因此便有「浩氣噴薄，神龍行雲」之感，被視為絕唱。峨眉山，在今四川峨眉南。

嶺頭月冷憶峩嵋 李白峨嵋山月歌詩意
己卯歲末自行畫

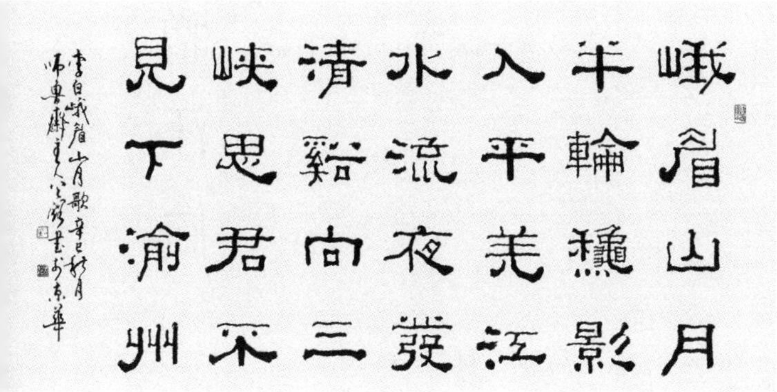
峨眉山月
半輪龝影
入平羌江
水流夜發
清谿向三
峽思君不
見下渝州

谷溪 書

李白《峨眉山月歌》
辛巳秋月
師魯齋主人谷溪書於京華

陳惠冠 繪

嶺頭月冷憶峨眉
李白《峨眉山月歌》詩意
己卯歲末
惠冠畫

贈汪倫

李白

李白乘舟將欲行，
忽聞岸上踏歌聲。
桃花潭水深千尺，
不及汪倫送我情。

踏歌：民間流行的手拉手、兩足踏地的歌唱方式。

這首詩為李白遊涇縣（在今安徽境內）桃花潭時所作。詩中以巧妙的比興手法，形象地再現了詩人與朋友汪倫之間深厚的情誼。頗有情趣的是，詩人將自己和朋友的名字嵌入詩句中，更是增加了詩歌的藝術魅力。汪倫，李白的朋友。一說為涇縣的一位普通村民，李白遊涇縣桃花潭時，汪倫常以所釀美酒款待李白；一說曾為涇縣縣令。

童介眉

童介眉寫

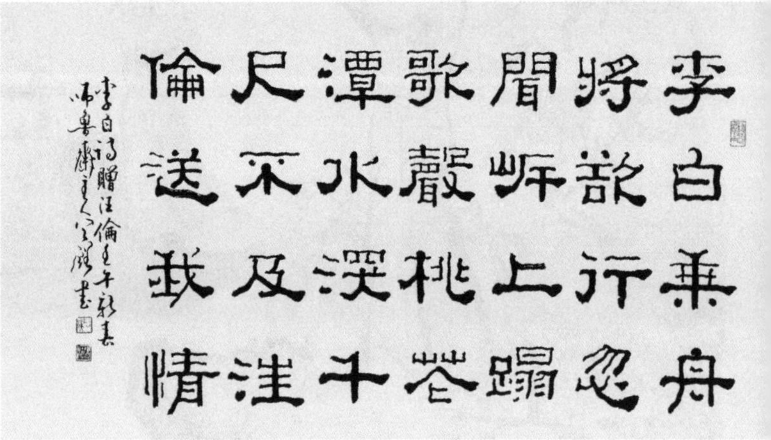
李白乘舟
將欲行忽
聞岸上蹋
歌聲桃花
潭水深千
尺不及汪
倫送我情
李白詩贈汪倫壬午新春
師魯齋主人谷溪書

谷溪 書

李白詩《贈汪倫》
壬午新春
師魯齋主人谷溪書

黃鶴樓送孟浩然之廣陵

李白

故人西辭黃鶴樓，
煙花三月下揚州。
孤帆遠影碧空盡，
惟見長江天際流。

煙花：霧氣迷蒙，繁花似錦，形象地寫出春天美景。
碧空：一作「碧山」。
天際：天邊。

這首詩寫李白在黃鶴樓送孟浩然去揚州的情景，表現了李白與孟浩然的深情厚誼。惜別之情，深切感人。黃鶴樓，古代名勝，在湖北武漢的蛇山頂上。孟浩然，唐代著名詩人，李白的好友。之，去往。廣陵，今江蘇揚州。

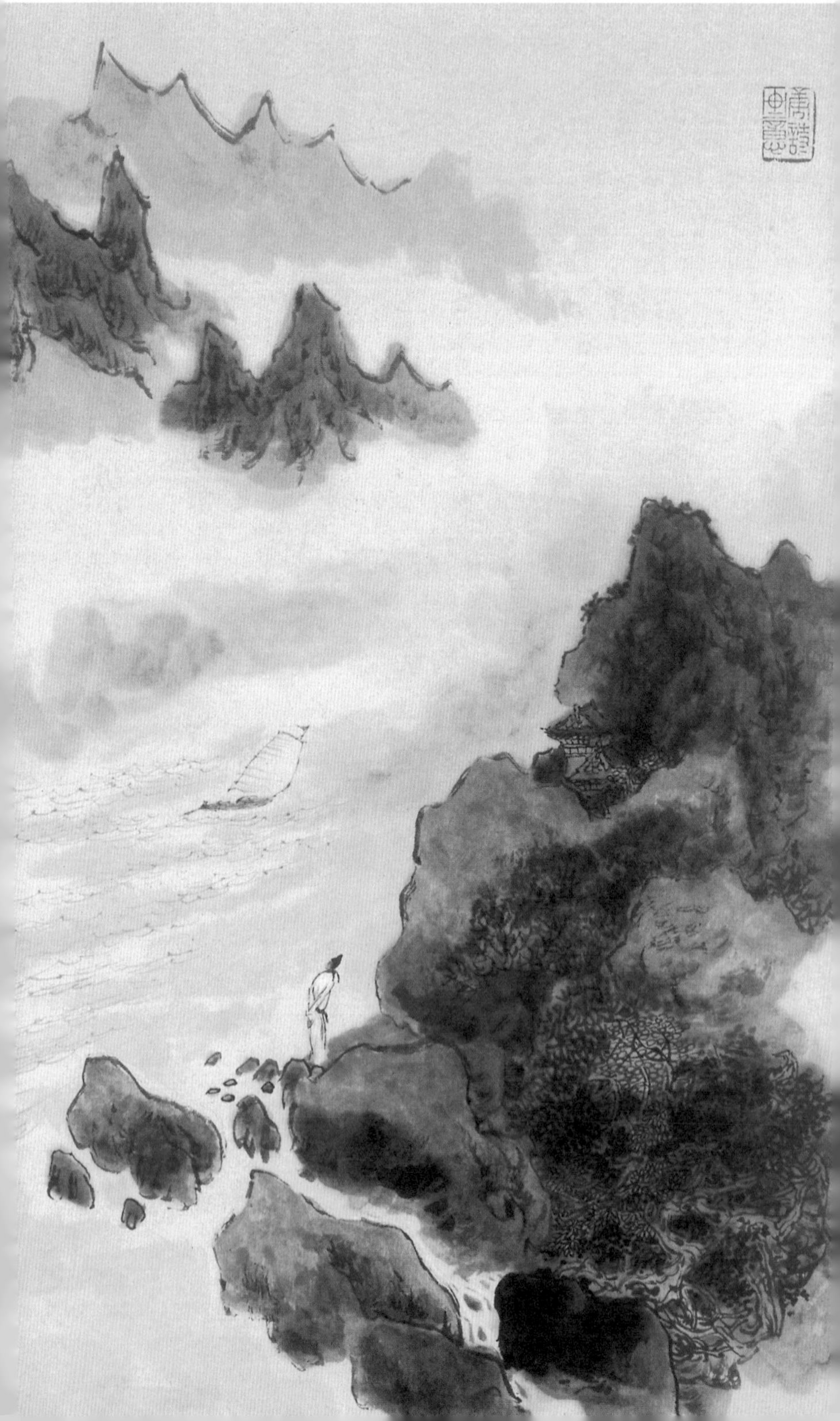

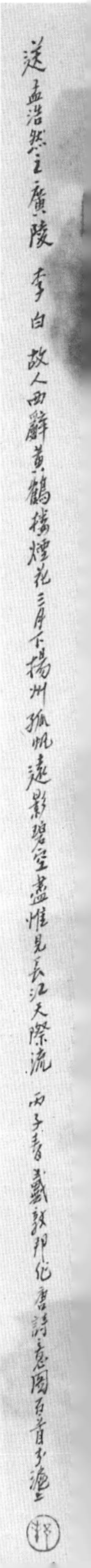
送孟浩然之廣陵 李白
故人西辭黃鶴樓煙花三月下揚州孤帆遠影碧空盡惟見長江天際流
丙子春 戴敦邦作唐詩意圖百首於滬上

戴敦邦 繪

丙子春
戴敦邦作唐詩意圖百首於
滬上

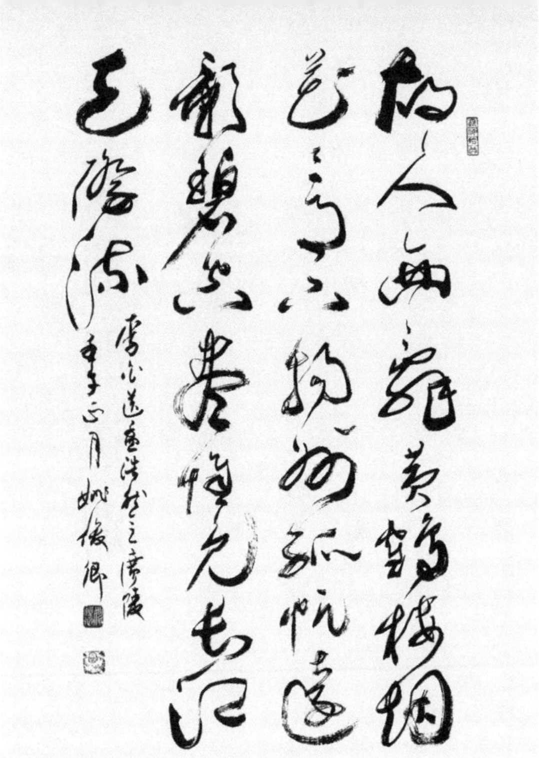

姚俊卿 書

李白《送孟浩然之廣陵》
壬午正月
姚俊卿

渡荊門送別

李白

渡遠荊門外，來從楚國遊。
山隨平野盡，江入大荒流。
月下飛天鏡，雲生結海樓。
仍連故鄉水，萬里送行舟。

楚國：今湖北省一帶，古代屬楚國。
大荒：荒原，指廣闊原野。
月下飛天鏡：月亮倒映在江心，好像天上飛下的明鏡。
海樓：海市蜃樓。連：一作「憐」，愛。
故鄉水：指從四川流來的長江水。李白成長於四川，故把長江水稱做故鄉水。

這首詩寫荊門送別時的情景，生動地描繪了長江沖出三峽流入平原地帶的壯闊景象和奇麗景色；反映了詩人的開闊胸襟和奮發進取精神。荊門，山名，在湖北宜都西北，隔長江與北岸虎牙山相對。

戴敦邦 繪

乙亥

戴敦邦作詩意圖滬上

林岫

李白詩五律

風華逸眾，其氣韻之美諸家莫及

辛巳歲

林岫書之

把酒問月

李白

青天有月來幾時？我今停杯一問之。
人攀明月不可得，月行卻與人相隨。
皎如飛鏡臨丹闕，綠煙滅盡清輝發。
但見宵從海上來，寧知曉向雲間沒？
白兔搗藥秋復春，嫦娥孤棲與誰鄰。
今人不見古時月，今月曾經照古人。
古人今人若流水，共看明月皆如此。
惟願當歌對酒時，月光長照金樽裏。

丹闕：闕，宮門，即紅色宮闕。
綠煙：遮蔽月光的雲影。
寧知：豈知，哪裏知道。
白兔搗藥：古代神話，傳說月中有「玉兔搗藥」。
嫦娥：古代神話中後羿的妻子，偷吃了羿的仙藥而成仙，飛升月中。

詩人在題下自注：「故人賈淳令予問之。」作品寫詩人的奇異想像、瀟灑情懷，結尾流露出人生無常、及時行樂的思想。

青天有月來幾時我今停杯一問之人攀明月不可得月行卻與人相隨
皎如飛鏡臨丹闕綠煙滅盡清輝發但見宵從海上來寧知曉向雲間沒
白兔搗藥秋復春嫦娥孤棲與誰鄰今人不見古時月今月曾經照古人
古人今人若流水共看明月皆如此唯願當歌對酒時月光長照金樽裏
丙子冬日寫李白問月

青天有月來幾時我今停杯一問之人攀明月不可得月行却與人相隨皎如飛鏡臨丹闕綠煙滅盡清輝發但見宵從海上來寧知曉向雲間沒白兔擣藥秋復春姮娥孤棲與誰鄰今人不見古時月今月曾經照古人古人今人若流水共看明月皆如此惟願當歌對酒時月光長照金樽裏

李太白把酒問月

辛巳臈月熊伯齋書於三硯室

熊伯齋

李太白《把酒問月》
辛巳臈月
熊伯齋書於三硯室

顧炳鑫

丙子冬日寫李白問月圖並錄詩
《把酒問月》，於海上蘆頂樓
寶山顧炳鑫作

望廬山瀑布

李白

日照香爐生紫煙，
遙看瀑布掛前川。
飛流直下三千尺，
疑是銀河落九天。

香爐：即香爐峰，在廬山西北部，因水氣鬱結，使峰頂雲霧彌漫如香煙繚繞，故有此名。
生紫煙：山多雲霧，在陽光照耀下，呈紫色。
前川：山前瀑布下的河流。
九天：古代傳說天有九重，九天即指天的最高處。

這首詩寫觀廬山瀑布。前兩句寫實，緊扣一個「望」字。後兩句則以「三千尺」、「銀河」等誇張、比喻手法，寫出了廬山瀑布的壯觀及飛動之勢，極為新鮮而生動。難怪蘇軾在詩中寫到：「帝遣銀河一派垂，古來惟有謫仙詞。」對其推崇備至。廬山，在今江西九江南。

孫文鐸
李白《望廬山瀑布》詩意
辛巳年秋日

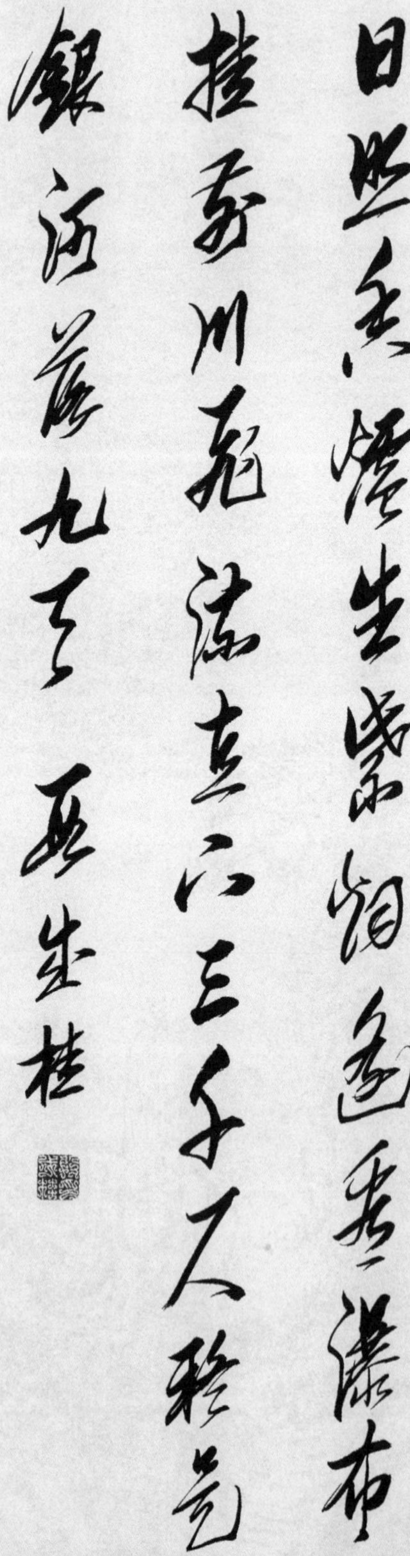

段成桂

段成桂

望天門山

李白

天門中斷楚江開，
碧水東流至北回。
兩岸青山相對出，
孤帆一片日邊來。

「天門」句：意謂天門山中間斷裂為楚江大開通道。楚江，安徽古代屬楚國，所以把流經這裏的一段長江稱為楚江。至北回：「北」一作「此」。因兩山突入江中，江面狹窄，水流至此而形成旋渦。
「兩岸」兩句：寫舟行望天門山所感。孤帆一片，就是一片孤帆，一隻船。日邊，即天邊，形容極遠。

這首詩寫天門山及其附近一段長江險峻、雄壯的景色。天門山，安徽當塗的東梁山（古稱博望山）與和縣的西梁山的合稱。兩山夾長江對峙，像一座天設的門戶，形勢險要，「天門」即由此得名。詩題中「望」字，說明是描繪遠望所見的天門山壯美景色，表達了詩人對祖國山河的無比熱愛和由衷的讚美。

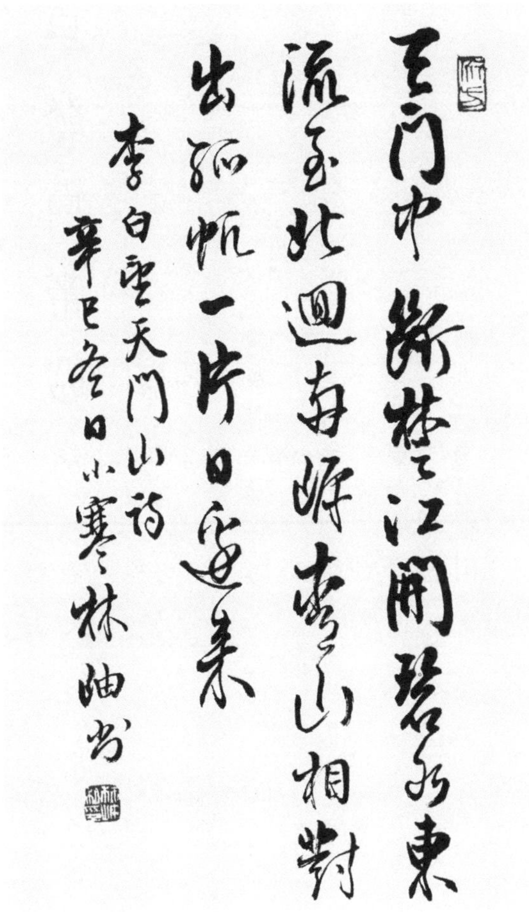
天門中斷楚江開碧水東
流至此迴兩岸青山相對
出孤帆一片日邊來
李白望天門山詩
辛巳冬日小寒林岫書

林岫 書

李白《望天門山》詩

辛巳冬日小寒

林岫書

戴敦邦 繪

乙亥

戴敦邦作唐詩意圖百首於滬上

早發白帝城

李白

朝辭白帝彩雲間，
千里江陵一日還。
兩岸猿聲啼不盡，
輕舟已過萬重山。

啼不盡：「盡」一作「住」。指猿聲此起彼伏，連續不斷。從白帝城至江陵的沿江兩岸多猿，酈道元《水經注．江水》：「每至晴初霜旦，林寒澗肅，常有高猿長嘯，屬引淒異，空谷傳響，哀轉久絕。」

詩一作《白帝下江陵》，注者多認為它是李白晚年因永王李璘事件流放夜郎途中遇赦時所作。詩通過描寫由四川白帝到湖北江陵的舟行之迅速，表現了詩人對壯麗山川的讚美和人在旅程的豪邁喜悅之情。全詩有山有水，有動有靜，有聲有色，神韻飽滿，一瀉千里之勢中由猿聲一頓，更覺用筆之妙。白帝城，在今四川奉節白帝山上，東漢初公孫述佔據蜀地時所建，因公孫述自稱白帝故名。

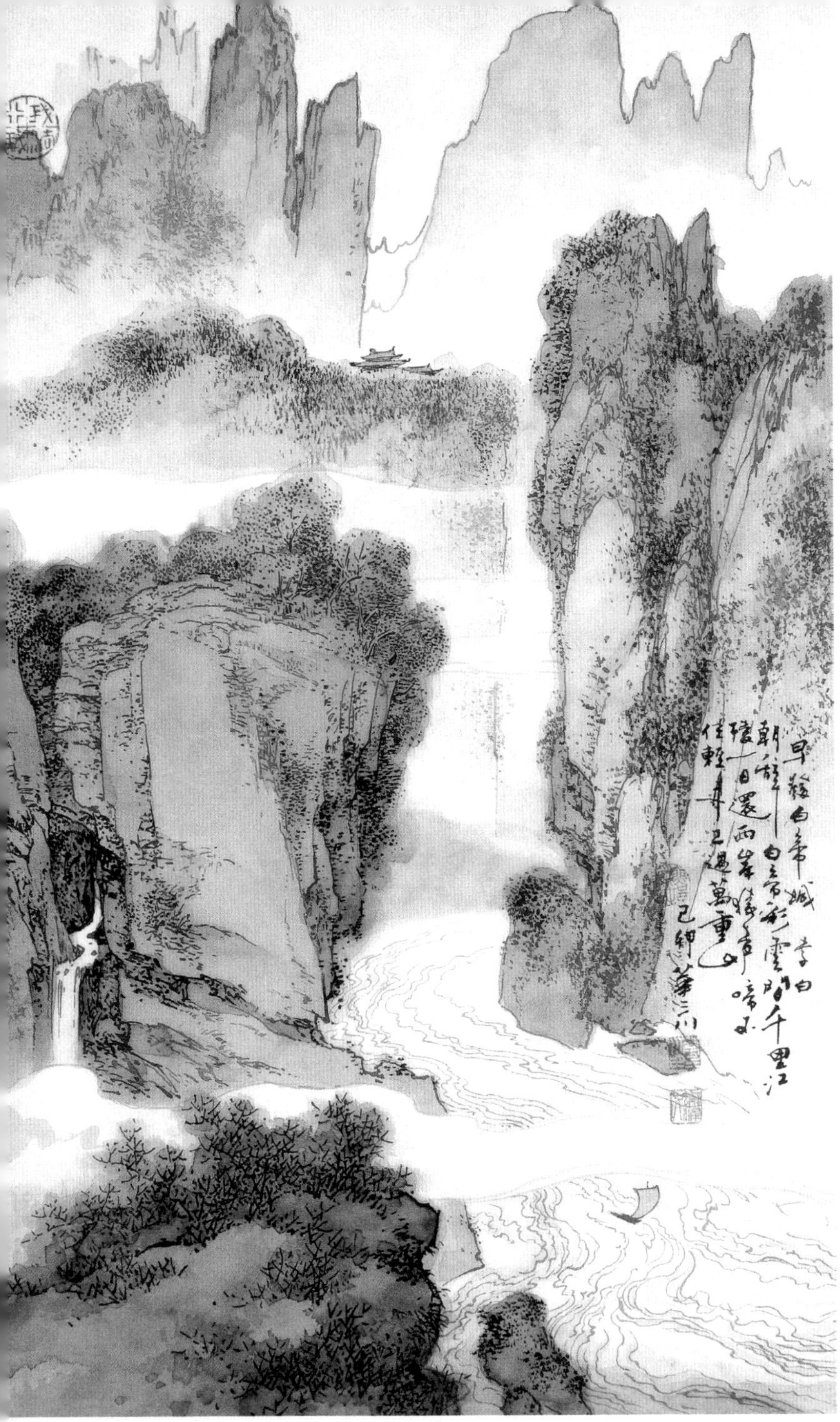
早發白帝城 李白
朝辭白帝彩雲間千里江
陵一日還兩岸猿聲啼不
住輕舟已過萬重山
己卯 華三川

華三川

己卯
華三川

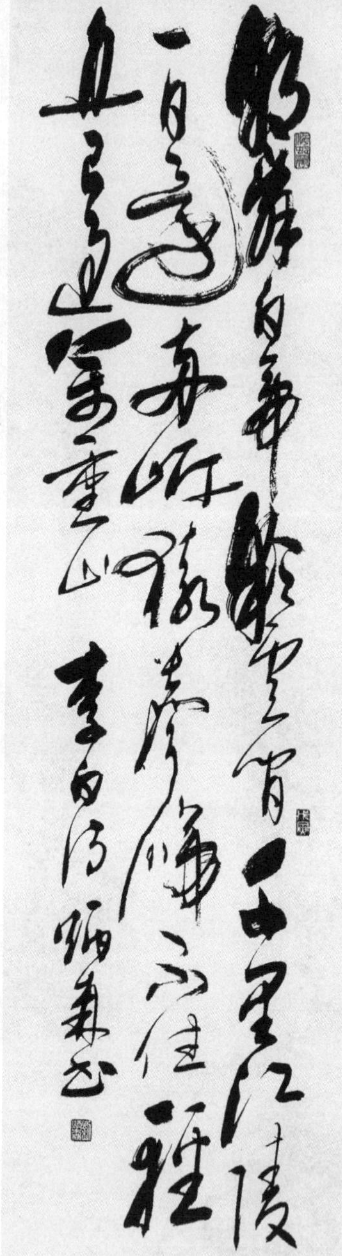

劉炳森

李白詩
炳森書

月下獨酌

李白

花間一壺酒，獨酌無相親。
舉杯邀明月，對影成三人。
月既不解飲，影徒隨我身。
暫伴月將影，行樂須及春。
我歌月徘徊，我舞影零亂。
醒時同交歡，醉後各分散。
永結無情遊，相期邈雲漢。

三人：指詩人、自己的影子和月亮。徒：只，但。

無情遊：忘掉世情的交遊。月與影不解人世情感。

相期：相互約定。邈雲漢：遙遠的天河，指天上仙境。以上兩句意謂，要結成忘卻世情的交遊，唯有相約在遙遠的太空仙境。

此詩寫詩人月下獨飲的情景，想像豐富，描寫生動，情趣盎然，既表達了詩人狂放不羈的曠達情懷，又反映出世無知音的孤獨寂寞。

劉旦宅 繪

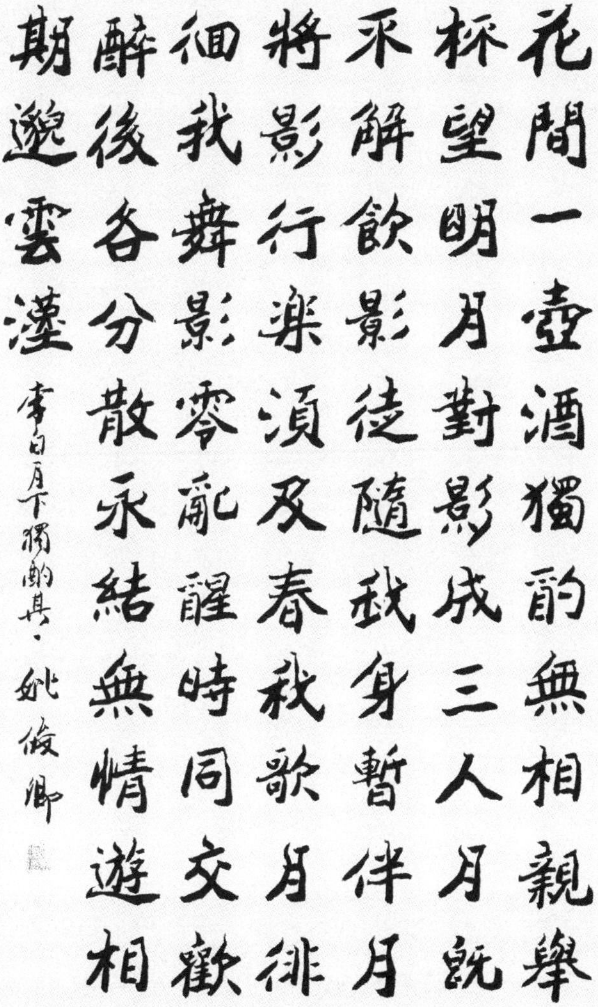
花間一壺酒獨酌無相親舉
杯望明月對影成三人月既
不解飲影徒隨我身暫伴月
將影行樂須及春我歌月徘
徊我舞影零亂醒時同交歡
醉後各分散永結無情遊相
期邈雲漢
李白月下獨酌其一 姚俊卿

姚俊卿 書

——李白《月下獨酌》其一

姚俊卿

獨坐敬亭山

李白

眾鳥高飛盡，
孤雲獨去閑。
相看兩不厭，
只有敬亭山。

此詩先寫「獨坐」所見：鳥飛、雲去；後寫「獨坐」所感：人、山相看不厭。宋代辛棄疾的詞句「我見青山多嫵媚，料青山見我應如是」，似可視為對此詩的闡發，隱含詩人的憤世嫉俗。「眾鳥高飛」、「孤雲獨去」，作為詩的意象，或稱比興，亦有象徵意味。面對世態炎涼，詩人但願遺世獨立，到「兩不厭」的山色風光中尋求安慰。作品寫出了詩人懷才不遇、孤獨寂寞的淒涼處境。敬亭山，在安徽宣城北，原名昭亭山。宣城古為宣州，是六朝以來的江南名郡，南齊詩人謝朓在此做過太守，曾到山上舊有的敬亭吟詠嘯傲。

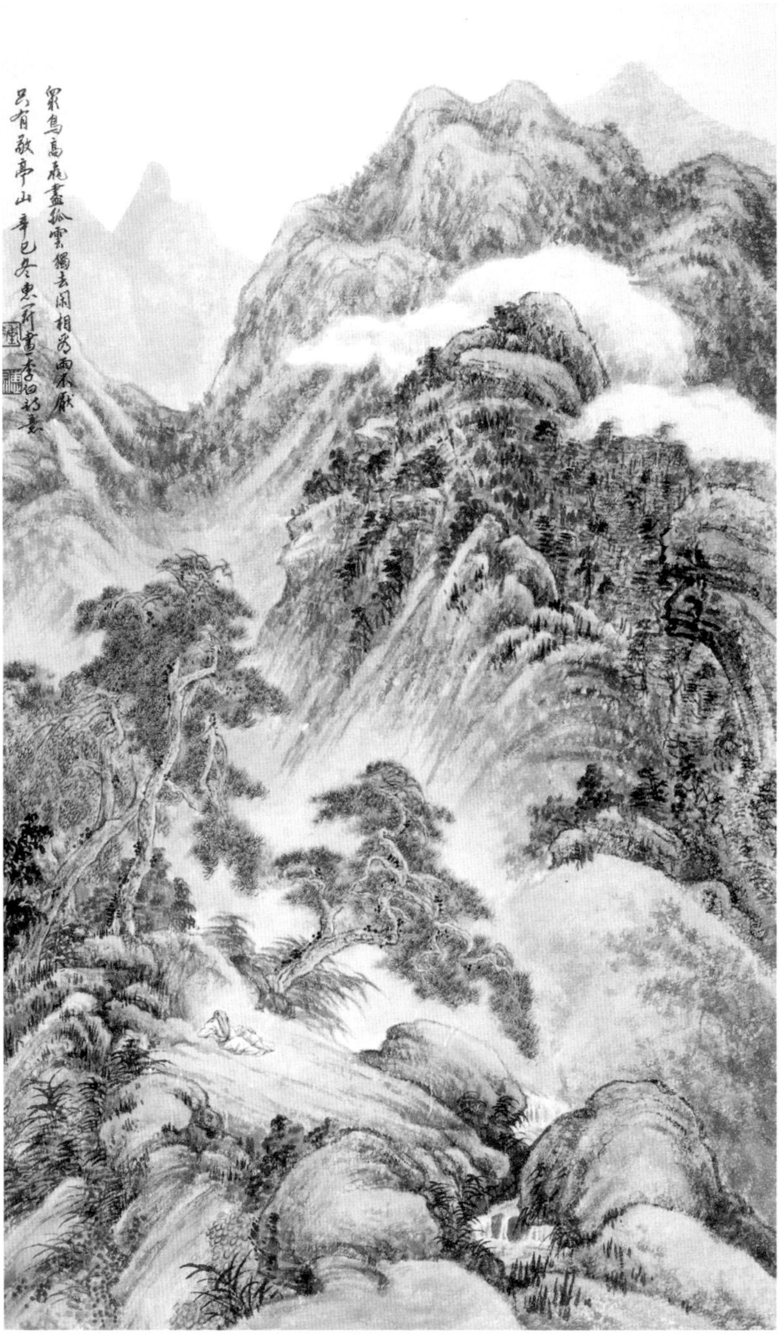
衆鳥高飛盡孤雲獨去閑相看兩不厭
只有敬亭山 辛巳冬惠冠畫李白詩意

陳惠冠

辛巳冬
惠冠畫李白詩意

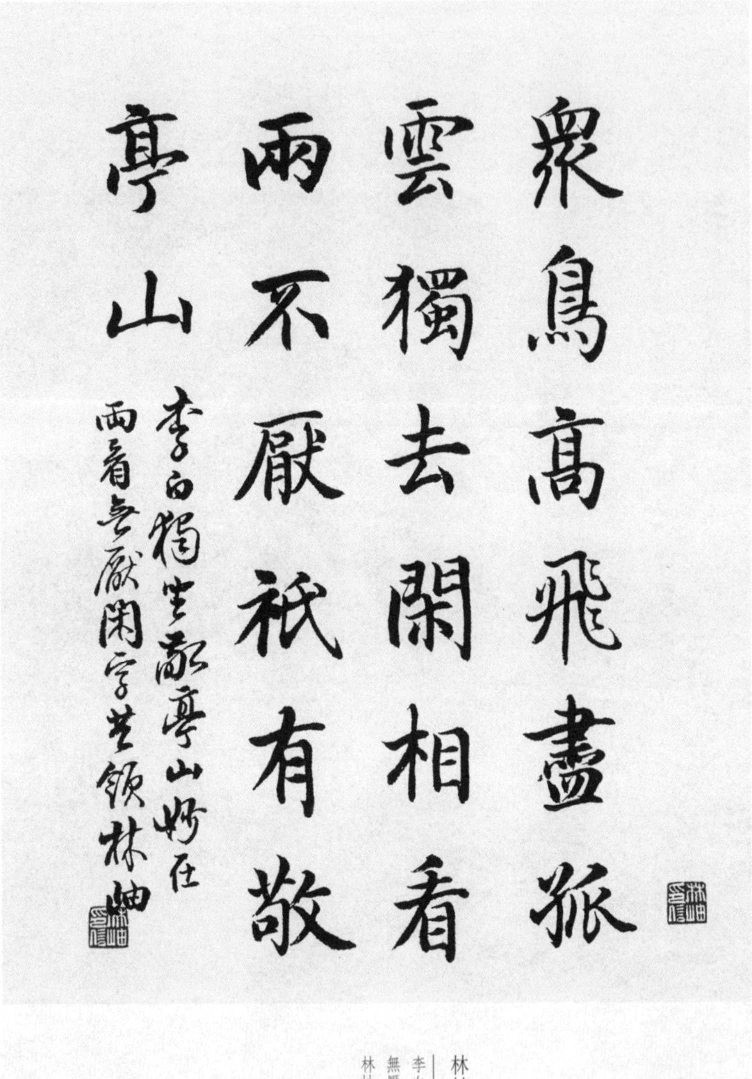
衆鳥高飛盡孤
雲獨去閑相看
兩不厭祇有敬
亭山
李白獨坐敬亭山妙在
兩看無厭閑字共領林岫

林岫

李白《獨坐敬亭山》，妙在兩看無厭，閑字共領
林岫

春夜洛城聞笛

李白

誰家玉笛暗飛聲，
散入春風滿洛城。
此夜曲中聞《折柳》，
何人不起故園情。

玉笛：形容笛的精美。
「此夜」二句：洛陽多宦遊旅人，笛聲引起旅人共有的鄉情。《折柳》，即《折楊柳》，屬樂府《橫吹曲》，歌詞多寫離愁別緒。

這首詩寫在春天夜間聽到笛聲，油然引起思鄉之情。李白遊洛陽時，離蜀已近十年，功業未就，聞笛聲自然惹起對故鄉的思念。洛城，洛陽，唐代稱東都，當時是繁華的都市。

董淑嬪

誰家玉笛聲

淑嬪畫

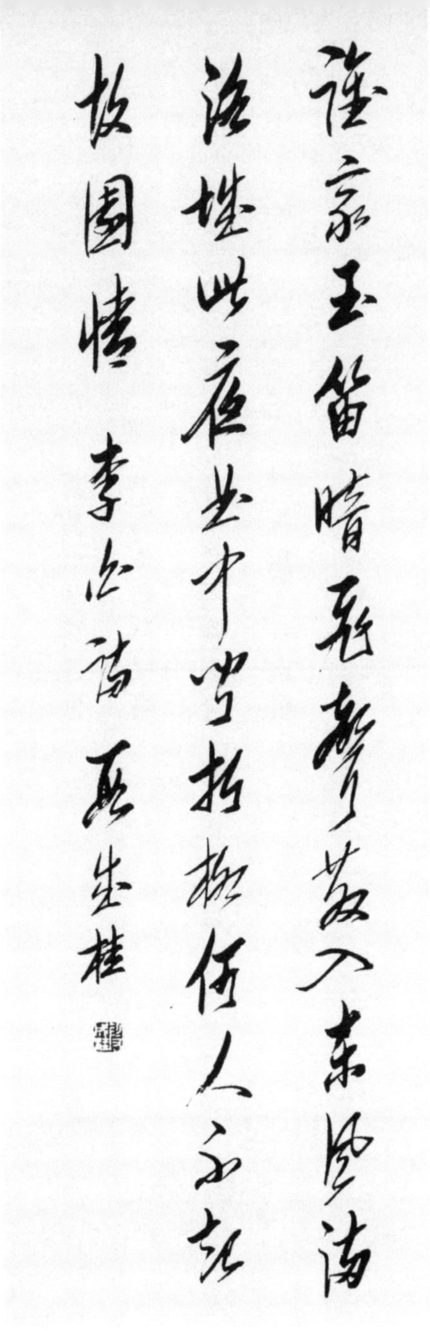
誰家玉笛暗飛聲
散入春風滿洛城
此夜曲中聞折柳
何人不起故園情
李白詩
段成桂

段成桂

李白詩
段成桂

滁州西澗

韋應物

獨憐幽草澗邊生，
上有黃鸝深樹鳴。
春潮帶雨晚來急，
野渡無人舟自橫。

這首詩寫春遊西澗賞晚雨野渡之所見。除第一句「獨憐」略帶感情色彩外，四句幾乎全為景語，然整首詩卻有着一種揮不去的淡淡憂傷，也正是這說不清的情緒，使本篇有了無窮的藝術魅力。在春天繁榮的景物中，詩人在意的卻是獨生澗邊的幽草、無人的野渡和泛若不繫的小舟，詩人對景象的選取是有着引人思索的用意的。

過去有人認為這是首托諷詩，幽草澗邊喻君子生不逢時，鸝鳴深樹喻小人在位，春潮急喻君子時運已晚，野渡舟橫喻君子無人舉用。這種說法未免牽強，但詩人在詩中暗喻懷抱，應沒有什麼疑問。滁州，州治在今安徽滁州。西澗，在滁州西，俗名上馬河。

孫文鐸 繪

韋應物《滁州西澗》詩意
辛巳年秋日
文鐸寫於京華

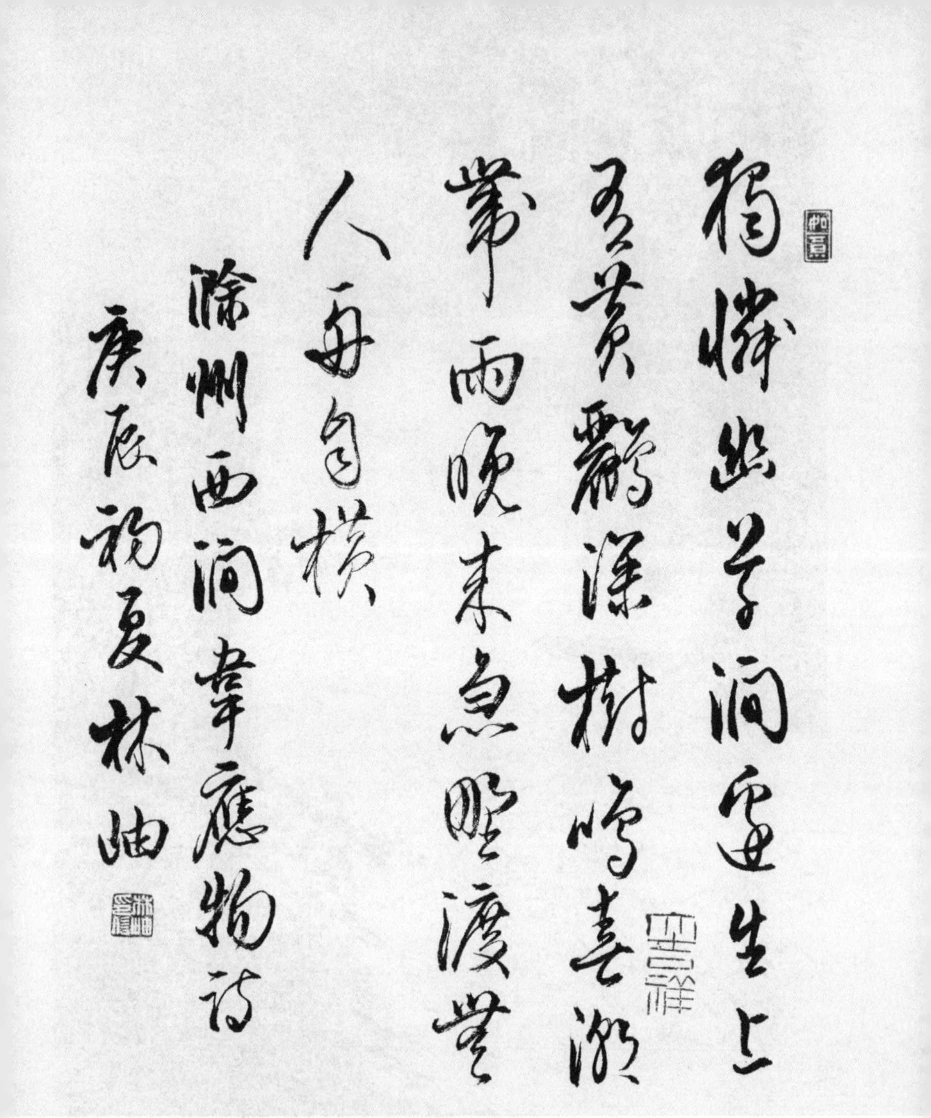
獨憐幽草澗邊生上
有黃鸝深樹鳴春潮
帶雨晚來急野渡無
人舟自橫
滁州西澗韋應物詩
庚辰初夏林岫

林岫

《滁州西澗》韋應物詩
庚辰初夏
林岫

望嶽

杜甫

岱宗夫如何？齊魯青未了。
造化鍾神秀，陰陽割昏曉。
蕩胸生層雲，決眥入歸鳥。
會當凌絕頂，一覽眾山小。

岱宗：即泰山，古代尊泰山為五嶽之首，故稱岱宗。在今山東泰安北。
齊魯：春秋時兩個諸侯國名，齊在泰山北，魯在泰山南。
青未了：形容泰山高大，從齊到魯都可以望見其青色。造化：指大自然。
鍾神秀：謂將神奇秀麗的風光都集中在了泰山身上。鍾，集中。
陰陽：指山南山北。古代以山南為陽，山北為陰。割：劃分，區分。
昏曉：朝暮。此謂山南山北因陽光照射的不同彷彿有朝暮之別。
蕩胸：言心胸激蕩開豁。決眥（zì）：眼眶為之裂開。極寫盡力遠眺。
會當：終當，一定要。凌：升登。

杜甫《望嶽》詩共三首，分詠東嶽泰山、南嶽衡山和西嶽華山，此為詠泰山之作。詩名《望嶽》，故筆筆由「望」字着手，空間由遠及近，時間由朝至暮，最後由望嶽懸想今後的登嶽。「會當凌絕頂，一覽眾山小」，不僅突現了東嶽泰山的雄奇險峻，亦可見作者俯瞰一切的雄心和抱負，極富啟發性和象徵意義。

苗重安

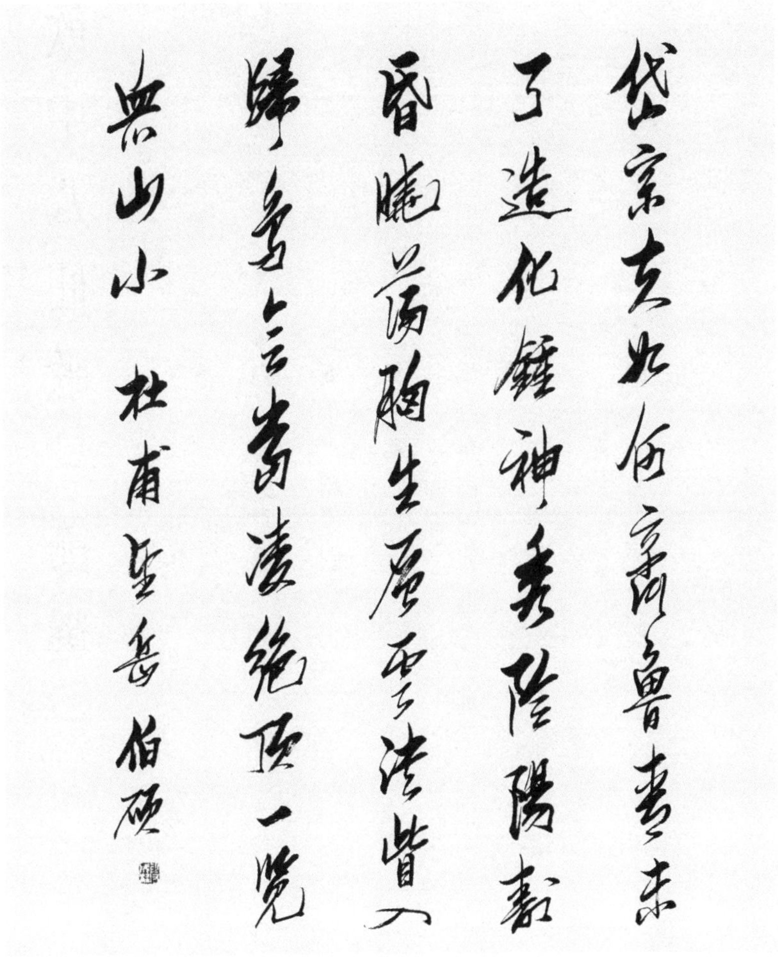
岱宗夫如何齊魯青未
了造化鍾神秀陰陽割
昏曉蕩胸生層雲決眥入
歸鳥會當凌絕頂一覽
衆山小 杜甫望岳 伯碩

段成桂

杜甫《望嶽》

伯碩

飲中八仙歌（節選）

杜甫

李白一斗詩百篇，
長安市上酒家眠。
天子呼來不上船，
自稱臣是酒中仙。

長安：唐代首都，今陝西西安。八個人是同時代人，先後都在長安生活過。

《飲中八仙歌》寫賀知章、李進、李適之、崔宗之、蘇晉、李白、張旭、焦遂八個「酒仙」與酒有關的生活情景。八個人物主次分明，每個人物各有特點，彼此映襯又構成一個整體。全詩幽默諧趣，情緒歡樂，語言洗煉流暢，表達了酒仙嗜酒、豪放、曠達的特點。這裏選的是描寫李白的一首，刻畫了李白醉後豪氣縱橫、狂放不羈的形象，表現了李白不畏權貴的性格。「天子呼來不上船」，也許不是事實，但都塑造了李白傲視帝王的理想形象，具有強烈的藝術感染力。八仙，指詩中描寫的八個嗜酒且豪放曠達的人。

呂士榮 繪

太白邀月
辛巳歲早春
士榮畫記

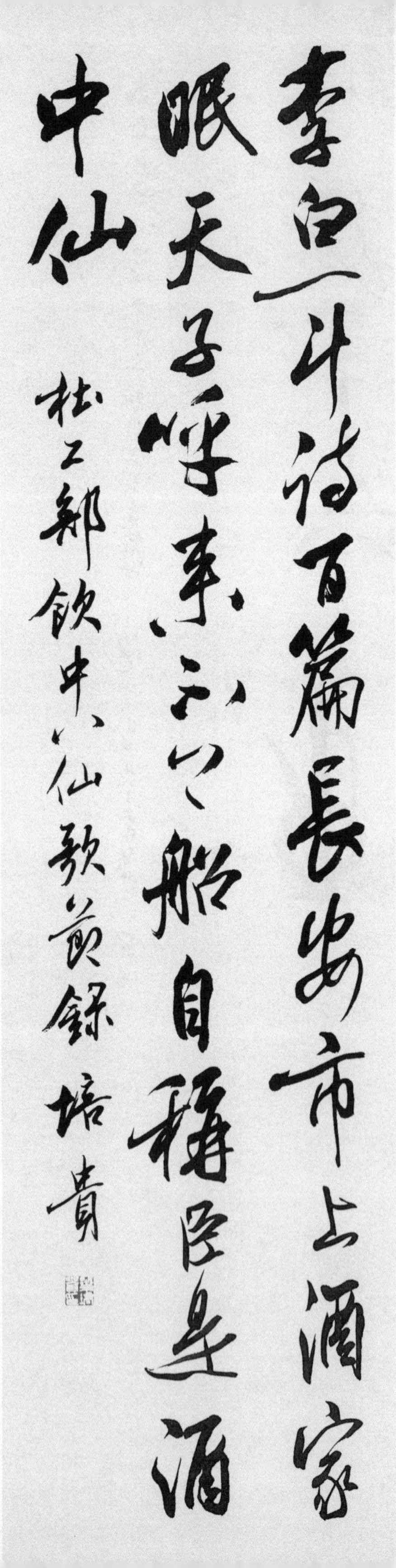
李白一斗詩百篇長安市上酒家
眠天子呼來不上船自稱臣是酒
中仙
杜工部飲中八仙歌節錄 培貴

葉培貴
杜工部《飲中八仙歌》節錄
培貴

麗人行

杜甫

三月三日天氣新，長安水邊多麗人。
態濃意遠淑且真，肌理細膩骨肉勻。
繡羅衣裳照暮春，蹙金孔雀銀麒麟。
頭上何所有？翠微匐葉垂鬢唇。
背後何所見？珠壓腰衱穩稱身。
就中雲幕椒房親，賜名大國虢與秦。
紫駝之峰出翠釜，水精之盤行素鱗。

犀箸厭飫久未下，鑾刀縷切空紛綸。
黃門飛鞚不動塵，御廚絡繹送八珍。
簫鼓哀吟感鬼神，賓從雜遝實要津。
後來鞍馬何逡巡，當軒下馬入錦茵。
楊花雪落覆白蘋，青鳥飛去銜紅巾。
炙手可熱勢絕倫，慎莫近前丞相嗔。

三月三日：古有三月三日上巳節於水邊祓除不祥之俗。唐開元時，長安士女多於此日至曲江遊賞。

「蹙（cù）金」句：指羅衣上用金銀線繡着孔雀和麒麟。蹙金，用拈緊的金線刺繡，使紋路緊縮。㔩葉：婦人首飾。

腰衱（jié）：裙帶。綴珠其上，壓而下垂，防風掀起。

椒房：漢代后妃宮室，以椒末和泥塗壁，後借指後妃。此處指楊貴妃。

虢（guó）與秦：楊貴妃三姊並封國夫人（大姊封韓國夫人，三姊封虢國夫人，八姊封秦國夫人）。

紫駝之峰：駝峰羹是當時貴族常用的名菜。駝，駱駝。

翠釜：翠色的炊器。

水精之盤：水晶的盤子。

行素鱗：放着白色的魚。

犀箸：犀牛角做的筷子。

厭飫（yù）：吃得膩了。鑾刀：有鈴的刀。

縷切：細切。黃門：宦官。

飛鞚（kòng）：飛馬。雜遝（tà）：眾多。

實要津：佔據重要地位。

逡（qūn）巡：慢慢走的樣子。

「楊花」二句：諷刺國忠和虢國夫人的曖昧關係。北魏胡太后與楊華私通，後楊南歸，太后思念，作《楊白華歌》。有「楊花飄蕩落南京」、「願銜楊花入窠裏」的詞。

青鳥：神話中西王母的使者。

銜紅巾：暗傳消息的意思。丞相：指楊國忠。

此詩約作於天寶十二年（七五三），時唐玄宗寵倖楊貴妃，任命其兄楊國忠為右丞相，楊家權勢炙手可熱。此詩主旨正在揭露楊家兄妹的驕奢淫逸。前十句，寫麗人的姿態服飾之美。「就中」二句點出主角。「紫駝」一段寫飲食之精。「後來」一段寫楊國忠的威風和淫亂無恥。

程十髮 繪

戊午早春寫《麗人行》詩意於黃浦西岸 十髮

戊午早春
寫麗人行詩
意于黃河西
岸

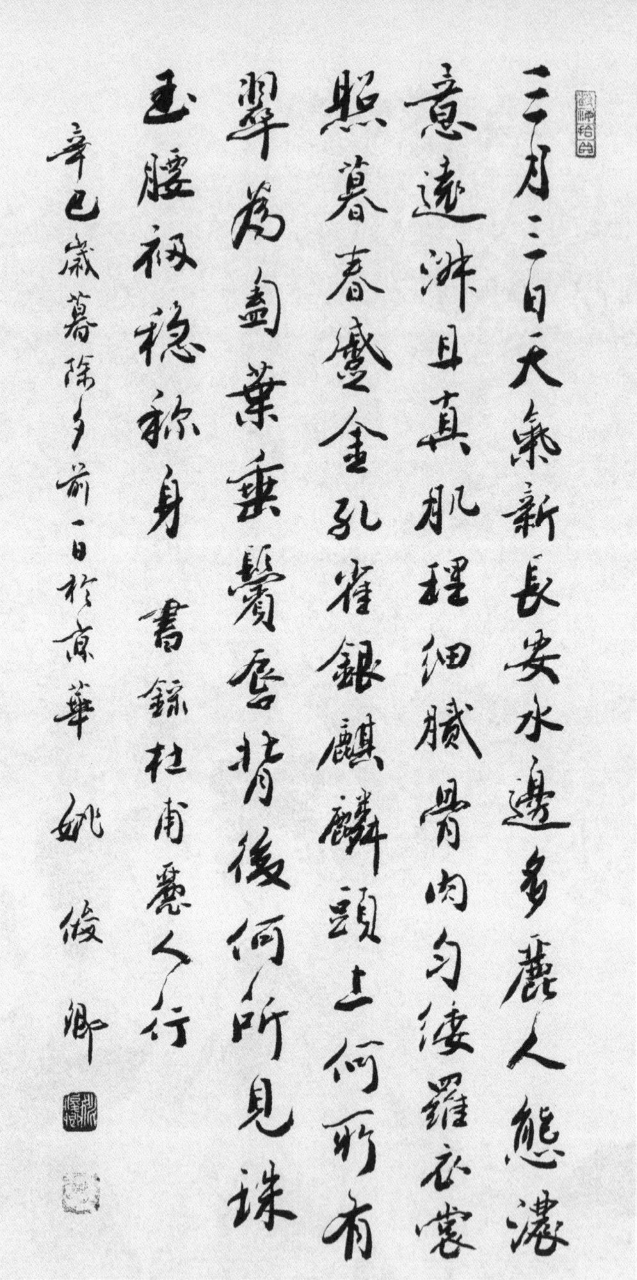
三月三日天氣新長安水邊多麗人態濃
意遠淑且真肌理細膩骨肉勻繡羅衣裳
照暮春蹙金孔雀銀麒麟頭上何所有
翠微㔩葉垂鬢脣背後何所見珠
壓腰衱穩稱身　書錄杜甫麗人行
辛巳歲暮除夕前一日於京華　姚俊卿

姚俊卿　書

書錄杜甫《麗人行》
辛巳歲暮除夕前一日
於京華
姚俊卿

新婚別

杜甫

兔絲附蓬麻，引蔓故不長。
嫁女與征夫，不如棄路旁。
結髮為妻子，席不暖君床。
暮婚晨告別，無乃太匆忙。
君行雖不遠，守邊赴河陽。
妾身未分明，何以拜姑嫜。
父母養我時，日夜令我藏。
生女有所歸，雞狗亦得將。

君今往死地，沉痛迫中腸。
誓欲隨君去，形勢反蒼黃。
勿為新婚念，努力事戎行。
婦人在軍中，兵氣恐不揚。
自嗟貧家女，久致羅襦裳。
羅襦不復施，對君洗紅妝。
仰視百鳥飛，大小必雙翔。
人事多錯迕，與君永相望。

「兔絲」二句：比喻出嫁女子不能與夫白頭偕老。

結髮：成婚之夕，男左女右束髮共髻，以示正式結為夫婦。

無乃：不就是。

「妾身」二句：古禮婦人嫁三日，告廟上墳，謂之成婚，婚禮既成，名分始定，現結婚剛一天，身份尚未定。姑嫜，丈夫的父母，亦作「姑章」。

歸：出嫁。

將：跟隨，相從。

蒼黃：本指青色和黃色。這裏指事情變化反覆。

羅襦（ㄖㄨˊ）裳：羅，絲織品；襦，短衣；裳，下衣。

錯迕：乖迕不順。

這首詩通過對一對新婚夫婦「暮婚晨告別」的人間慘劇的細筆敘寫，側面反映了當時的戰亂給人民所造成的苦難。全詩純為新婦自述，委婉纏綿，如泣如訴，感情真切動人。

范曾

庚申

江東范曾寫杜工部詩意

家住吳頭楚尾

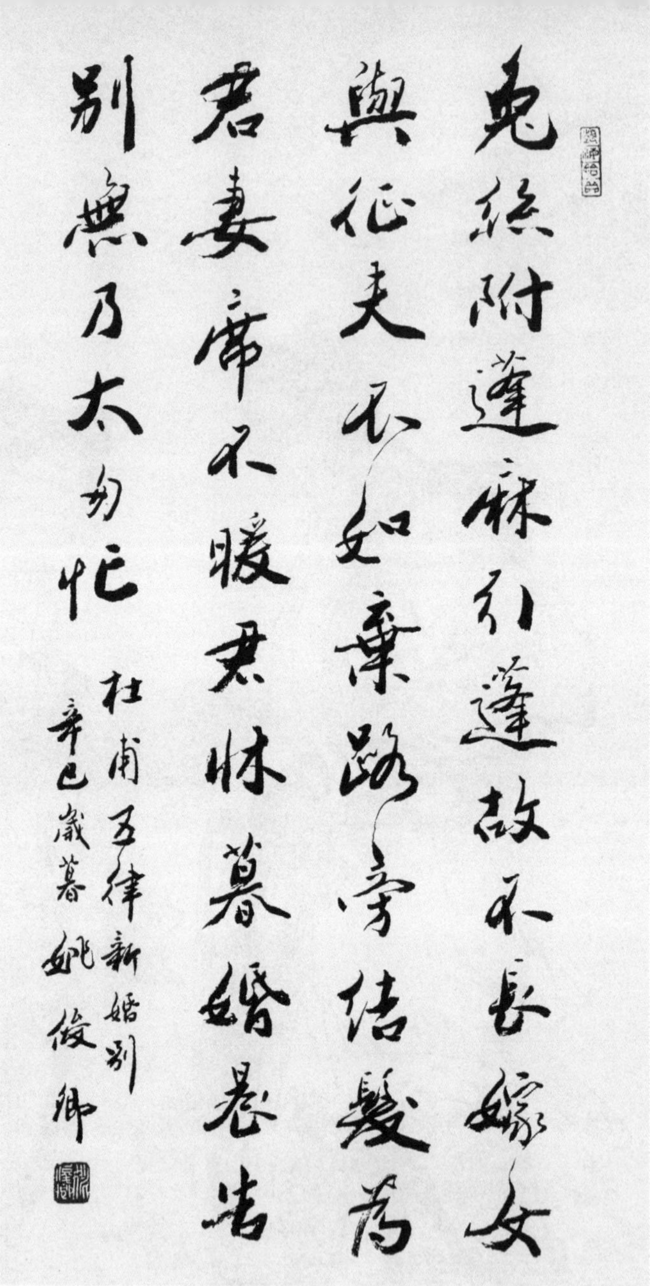
兔絲附蓬麻引蓬故不長嫁女
與征夫不如棄路旁結髮為
君妻席不暖君牀暮婚晨告
別無乃太匆忙
杜甫五律新婚別
辛巳歲暮姚俊卿

姚俊卿 書

杜甫（五律）《新婚別》
辛巳歲暮
姚俊卿

佳人

杜甫

絕代有佳人，幽居在空谷。
自云良家子，零落依草木。
關中昔喪亂，兄弟遭殺戮。
官高何足論，不得收骨肉。
世情惡衰歇，萬事隨轉燭。
夫婿輕薄兒，新人美如玉。

合昏尚知時，鴛鴦不獨宿。
但見新人笑，那聞舊人哭。
在山泉水清，出山泉水濁。
侍婢賣珠回，牽蘿補茅屋。
摘花不插髮，採柏動盈掬。
天寒翠袖薄，日暮倚修竹。

絕代：絕世，舉世無雙。
幽居：隱居。
良家子：清白人家的子女。
關中：漢唐時稱函谷關以西地方為關中，今陝西南部一帶。這裏指長安。
喪亂：指安祿山叛亂。
惡：厭惡。
衰歇：沒落。
轉燭：因風轉向的燭光。
合昏：即合歡花，朝開夜合。
舊人：指棄婦，佳人自稱。
侍婢：女僕。
動：往往，每每。
盈掬：滿把。
翠袖：綠色的衣袖，指佳人的衣服。
修竹：高竹。喻高潔。

這首詩寫一個戰亂時被遺棄的孤苦女子，在深谷幽居的淒涼景況，同時用比興手法讚美了她高潔自持的情操。是一篇客觀表現與主觀寄託相結合的優秀詩作。

陳謀

杜工部詩意
辛巳春月於京華
陳謀

杜工部詩意
天寒翠袖薄日暮倚修竹
修竹辛巳五月於京華陳謀

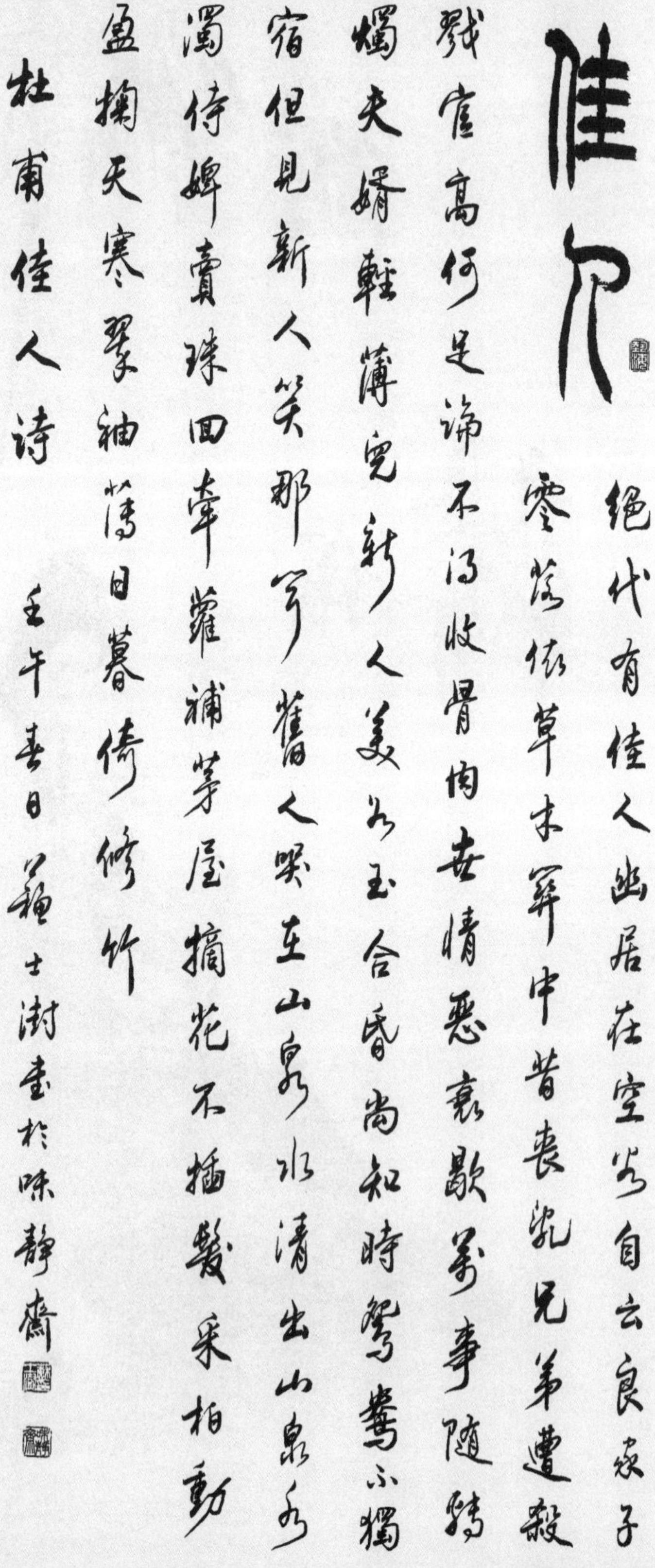
佳人
絕代有佳人幽居在空谷自云良家子
零落依草木關中昔喪亂兄弟遭殺
戮官高何足論不得收骨肉世情惡衰歇萬事隨轉
燭夫婿輕薄兒新人美如玉合昏尚知時鴛鴦不獨
宿但見新人笑那聞舊人哭在山泉水清出山泉水
濁侍婢賣珠回牽蘿補茅屋摘花不插髮采柏動
盈掬天寒翠袖薄日暮倚修竹
杜甫佳人詩
壬午春日蘇士澍書於味靜齋

蘇士澍

杜甫《佳人》詩
壬午春日
蘇士澍書於味靜齋

畫鷹

杜甫

素練風霜起，蒼鷹畫作殊。
㩳身思狡兔，俱目似愁胡。
絛鏇光堪摘，軒楹勢可呼。
何當擊凡鳥，毛血灑平蕪。

素練：白色的熟絹。
風霜起：形容畫鷹神態威猛，使人有風霜忽起的肅殺之感。
㩳：同「竦」，聳立。
愁胡：側目凝神的猢猻。形容鷹眼鋭利。
鏇（xuàn）：轉軸，這裏指繫鷹用的金屬的圓軸。
軒楹：堂前廊柱，指畫鷹的地點。
勢可呼：看樣子真可以呼喚它去獵獸。
凡鳥：尋常的鳥兒。平蕪：雜草繁盛的原野。

這是一首題畫詩，詩中用生動活脫的筆法，極富形象性地刻畫出了畫鷹的威猛姿態，給人一種呼之欲出的逼真感。

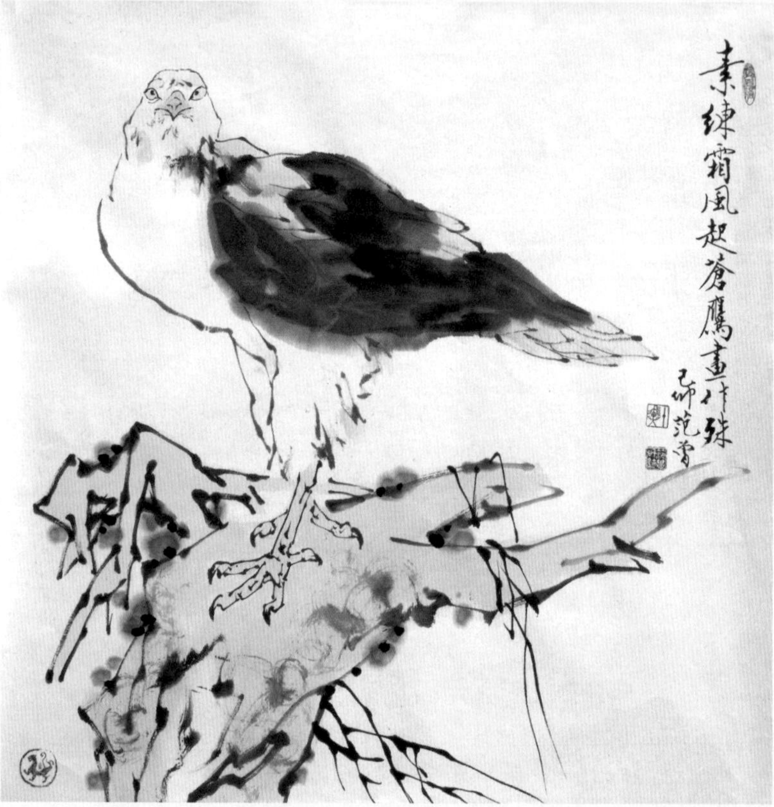
素練霜風起蒼鷹畫作殊
己卯范曾

范曾

己卯
范曾

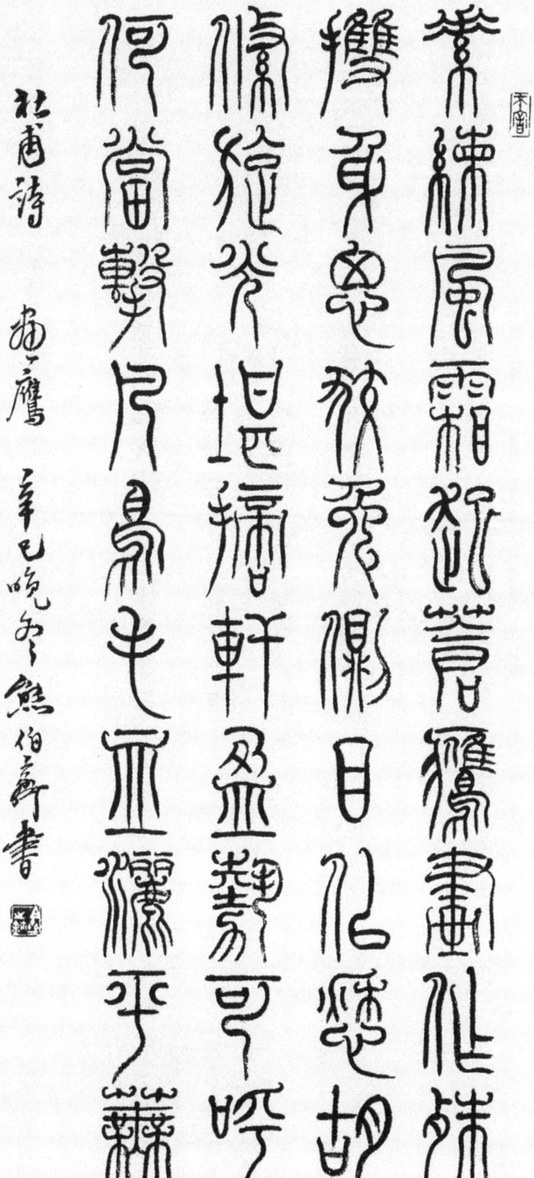
素練風霜起蒼鷹畫作殊
㩳身思狡兔側目似愁胡
絛鏇光堪擿軒楹勢可呼
何當擊凡鳥毛血灑平蕪
杜甫詩
畫鷹
辛巳晚冬熊伯齊書

熊伯齊

杜甫詩《畫鷹》
辛巳晚冬
熊伯齊書

天末懷李白

杜甫

涼風起天末，君子意如何。
鴻雁幾時到，江湖秋水多。
文章憎命達，魑魅喜人過。
應共冤魂語，投詩贈汨羅。

涼風：秋風。詩人因秋風起而感詩興。天末：天的盡頭，遙遠的邊塞，此指秦州。君子：指李白。鴻雁：傳説鴻雁能夠捎書，代稱信使，借指書信。秋水多：想像行程艱難，與同時所寫《夢李白》「江湖多風波」句意相同。文章：泛指文學作品。魑（chī）魅：比喻奸佞小人。全句謂，妖怪喜歡有人從跟前經過，以便捉拿吞食。比喻人事險惡，示意李白受人誣陷。冤魂：指沉江而死的詩人屈原的冤魂。汨羅：汨羅江，在湖南汨羅境內，屈原被讒放逐，自沉江中。李白正遊江南，經此地，可投詩給屈原，同訴冤屈。

這首詩抒發了詩人對好友李白真摯懷念的深厚感情，表現出他對友人流放夜郎的不幸遭遇的同情與關切。

涼風起天末君子意如何鴻雁幾時到江湖秋水多文章
憎命達魑魅喜人過應共冤魂語投詩贈汨羅己巳大寒前夕
寫杜甫造像并錄其天末懷李白詩於海上蘆頂樓
寶山顧炳鑫

顧炳鑫

己巳大寒前夕寫杜甫造像並錄其
《天末懷李白》詩於海上蘆頂樓
寶山顧炳鑫

涼風起天末君子意
如何鴻雁幾時到江
湖秋水多文章憎命
達魑魅喜人過應共
冤魂語投詩贈汨羅

杜甫詩 天末懷李白 辛巳晚冬 熊伯齊書

熊伯齊

杜甫詩《天末懷李白》
辛巳晚冬
熊伯齊書

蜀相

杜甫

丞相祠堂何處尋，錦官城外柏森森。
映階碧草自春色，隔葉黃鸝空好音。
三顧頻煩天下計，兩朝開濟老臣心。
出師未捷身先死，長使英雄淚滿襟。

丞相祠：即今武侯祠，在成都城南。
錦官城：成都的別稱。
森森：林木茂密的樣子。
映階：映照石階。
自春色：自呈春色。表示詩人無心賞玩。
空好音：空有悅耳鳴聲。表示詩人無心傾聽。

這首詩寫杜甫懷着崇敬的心情瞻仰諸葛亮的祠廟，發出壯志未酬的感慨。這既是對諸葛亮的歎惋，對古往今來志士仁人壯志未酬的同情，也是自傷濟世安民之胸懷的未得舒展。蜀相，公元二二一年，劉備即帝位，建蜀國，以諸葛亮為丞相，故稱「蜀相」。

戴敦邦

乙亥

戴敦邦作唐詩意

「三顧」句：說劉備三顧諸葛亮於草廬之中，為的是天下大計。表面是寫劉備，實際是讚美諸葛亮。顧，拜訪。頻煩，即頻繁，連續。天下計，天下大計。即《隆中對》中所講的佔據荊州、益州，內修政理，外結孫權，待機攻曹，統一天下的策略。

「兩朝」句：說諸葛亮佐劉備開創基業，劉備死後助劉禪撐持危局，在兩朝都表現出報國的忠心。開，指佐劉備開創大業。濟，指助劉禪繼業。

「出師」兩句：說諸葛亮平定中原的大志未遂，生命已終，這是後代許多英雄所以為他感慨的緣故。《三國志．諸葛亮傳》載，諸葛亮於建興十二年（二三四）春出兵伐魏，在渭水南五丈原和魏軍相持百餘日，其年八月病死在軍中。「長使英雄淚滿襟」，既是對諸葛亮的感慨，也包含了對詩人自己和千古仁人志士壯志未酬的惋惜和歎息。

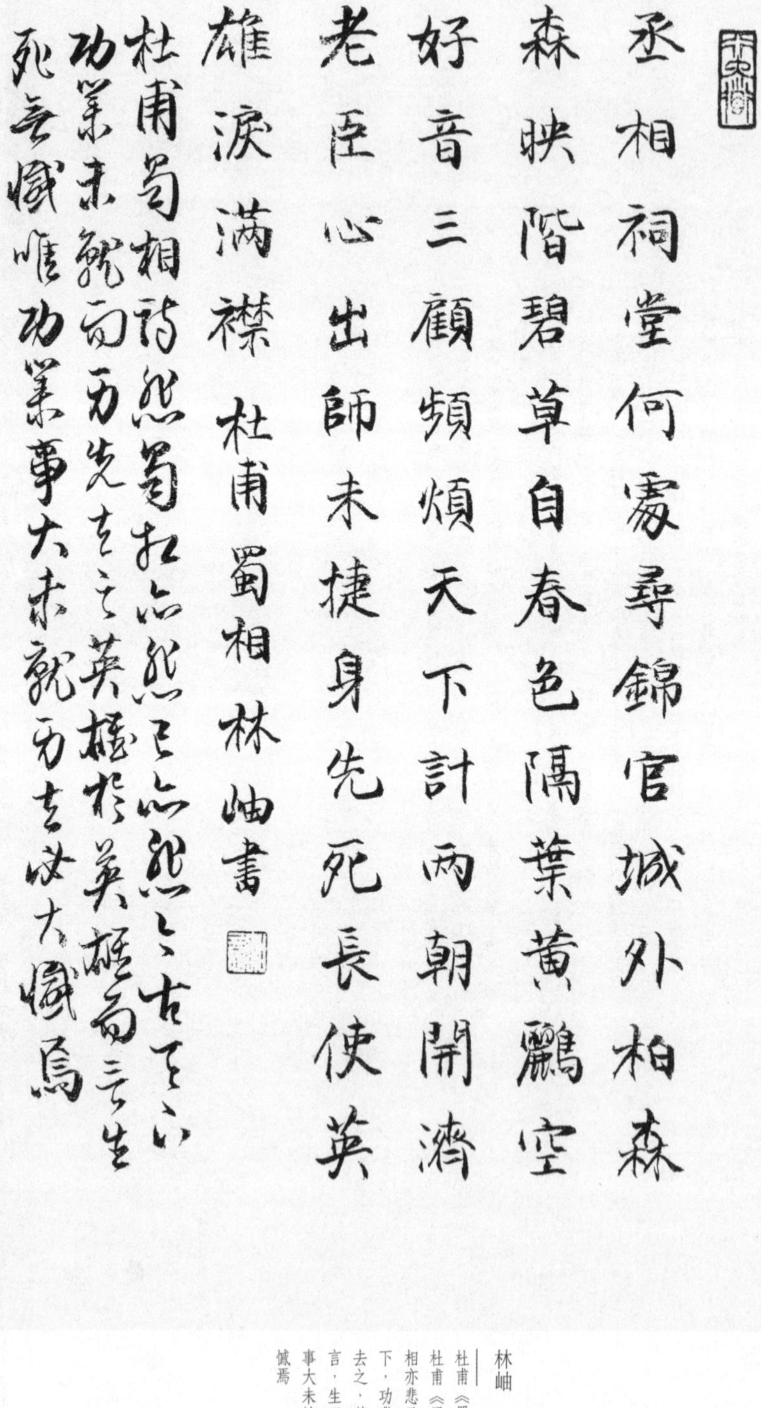
丞相祠堂何處尋錦官城外柏森
森映階碧草自春色隔葉黃鸝空
好音三顧頻煩天下計兩朝開濟
老臣心出師未捷身先死長使英
雄淚滿襟　杜甫蜀相林岫書
杜甫蜀相詩悲蜀相亦悲己亦悲今古天
下功業未就而身先去之英雄於英雄而生
死無憾唯功業事大未就而去必大憾焉

林岫

杜甫《蜀相》林岫書

杜甫《蜀相》詩悲蜀相亦悲己亦悲今古天下，功業未就而身先去之，英雄於英雄而言，生死無憾唯功業事大未就身去，必大憾焉

客至

杜甫

舍南舍北皆春水，但見群鷗日日來。
花徑不曾緣客掃，蓬門今始為君開。
盤飧市遠無兼味，樽酒家貧只舊醅。
肯與鄰翁相對飲，隔籬呼取盡餘杯。

舍：房屋，住宅。
花徑：飄滿落花的小路。
蓬：柴草編紮的門戶。
盤飧（sūn）：指熟食。
兼味：兩種以上菜餚。無兼味，猶説菜很少。
醅（pēi）：未過濾的濁酒。呼取：喚得。

這首詩詩題下原有注：「喜崔明府相過」。明府，在唐代是對縣令的尊稱。詩以「客至」為題，敘寫來客、留客一事，層次分明，章法清晰，頭四句寫迎客，後四句寫待客。於敘事之中見出一片真情、一派天趣。

華三川

歲在己卯秋日
華三川畫

舍南舍北皆春水但見羣鷗日〻來花
徑不曾緣客掃蓬門今始爲君開盤飧
市遠無兼味樽酒家貧只舊醅肯與
鄰翁相對飲隔籬呼取盡餘杯
杜甫詩　客至　辛巳臘月熊伯齊書

熊伯齊

杜甫詩《客至》
辛巳臘月
熊伯齊書

春夜喜雨

杜甫

好雨知時節，當春乃發生。
隨風潛入夜，潤物細無聲。
野徑雲俱黑，江船火獨明。
曉看紅濕處，花重錦官城。

好雨：對人有利的雨。
時節：時令節氣。乃：就。
潛入：悄悄地來到，不為人察覺。
野徑：田野小路。
火：燈火。
紅濕處：淋過雨水的花叢。
花重：花因得雨水而飽滿沉重的樣子。

這首詩寫春夜降雨的景象，抒發了對春雨的喜悅之情。通篇給人一種洗煉、清新的感覺。

戴敦邦

丙子春吉日

戴敦邦作唐詩意圖

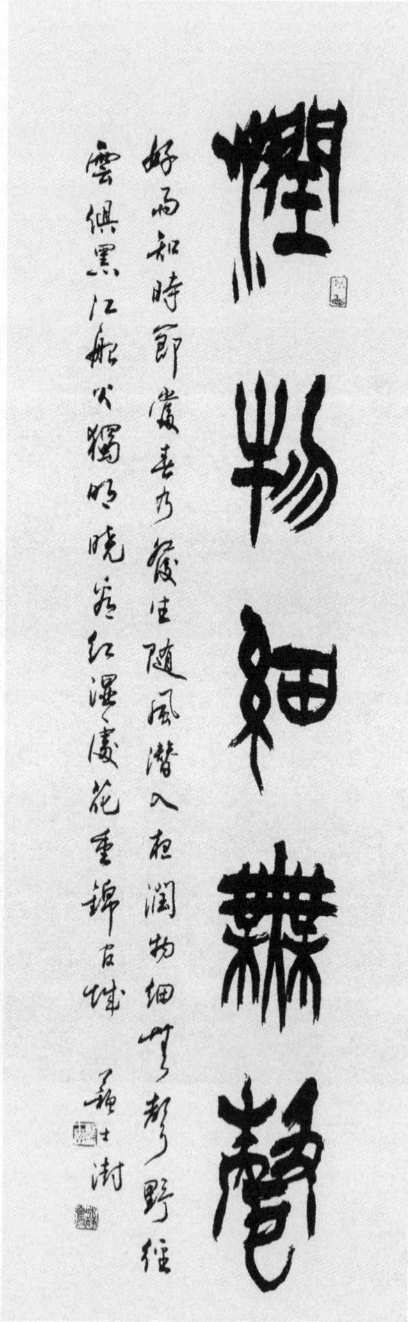

蘇士澍

潤物細無聲

蘇士澍

登高

杜甫

風急天高猿嘯哀，渚清沙白鳥飛迴。
無邊落木蕭蕭下，不盡長江滾滾來。
萬里悲秋常作客，百年多病獨登台。
艱難苦恨繁霜鬢，潦倒新停濁酒杯。

渚：水中小洲。
迴：迴旋，寫鳥因風急而在空中打旋。
萬里：遠離家鄉。常作客：長期飄泊。
百年：是說人生不過百年，自己已過半百。
多病：杜甫時患肺病、風痹等多種疾病。
艱難：既謂自身處境，又指時局動盪，即吐蕃侵擾、兵亂不止。苦恨：甚恨。潦倒：失意，不得志。新停：作者本來愛喝酒，因肺病新近停飲。

此詩在七言律詩中，被楊倫稱為杜集第一，胡應麟讚為古今第一。全詩格律精嚴，四聯全都對仗，可謂前無古人。作品描繪出登高所見空闊無邊、蒼涼悲壯的秋山秋江景色，抒發了詩人常年漂泊、老病孤愁的悲痛感情，隱含對社會動盪不安的憂時憤世。

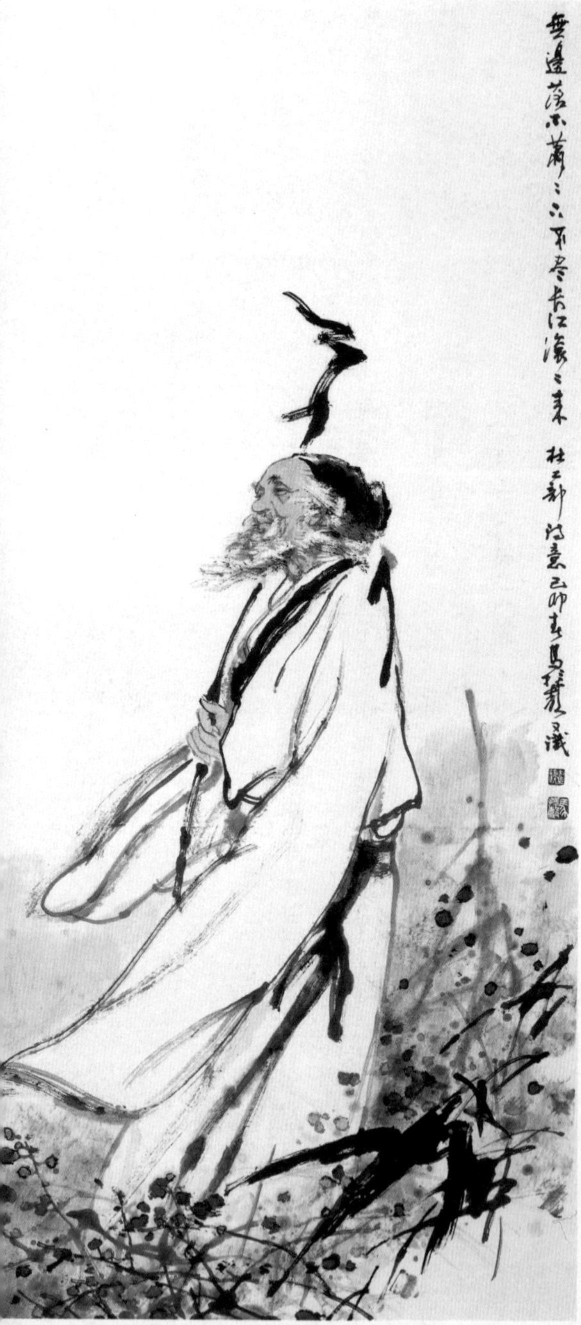
無邊落木蕭蕭下不盡長江滾滾來

馬振聲

杜工部詩意
己卯春
馬振聲又識

沈鵬 書

丁丑鞏義，少陵誕生地歸來

沈鵬

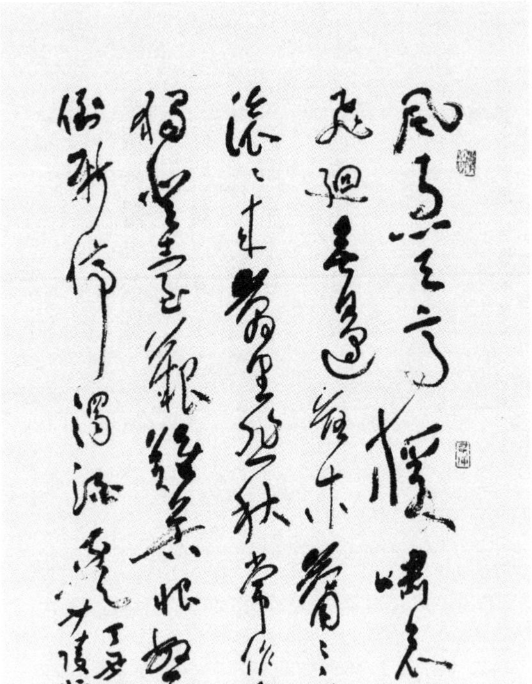

絕句

杜甫

兩個黃鸝鳴翠柳，
一行白鷺上青天。
窗含西嶺千秋雪，
門泊東吳萬里船。

黃鸝：黃鶯。
白鷺：即鷺鷥，捕魚的水鳥。
西嶺：指岷山，在成都西，冬夏積雪。
東吳：泛指江蘇、浙江一帶。草堂門外江岸為船隻停泊處。

唐代宗廣德二年（七六四），杜甫重返成都寓居草堂時，曾作《絕句四首》，此其三。詩描寫了浣花溪周圍的優美景色，對仗精工，色彩相映，動靜相生，遠近相成，表現了詩人對盎然春光的讚美和美好生活的熱愛。

孫文鐸

杜甫詩意
辛巳秋日

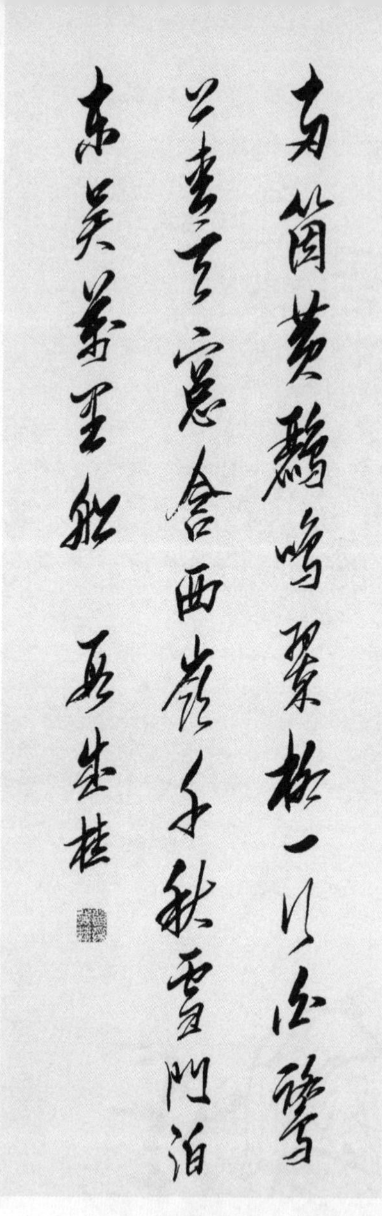
两个黄鹂鸣翠柳一行白鹭
上青天窗含西岭千秋雪门泊
东吴万里船
段成桂

段成桂

段成桂

漫成一絕

杜甫

江月去人只數尺，
風燈照夜欲三更。
沙頭宿鷺聯拳靜，
船尾跳魚撥剌鳴。

宿鷺：棲息的鷺鳥。
聯拳：蜷曲着肢體。
撥剌：象聲詞，指魚躍之聲。

這首詩是詩人由雲安去夔州時船上作。主要描寫了月夜江上行舟時所見的景色。詩中寫月亮、宿鷺、跳魚等，自然生動，而又十分貼切，能夠抓住典型特徵。

華三川 繪

歲在丙子夏日
華三川畫於海上廬寓

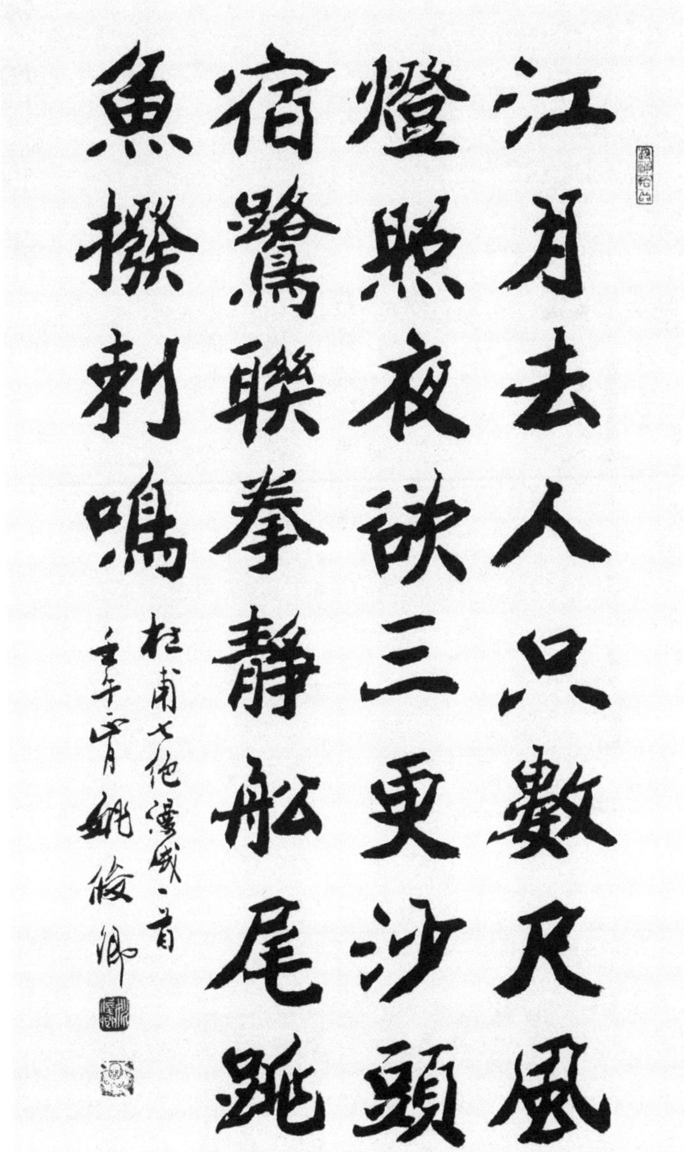
江月去人只數尺風
燈照夜欲三更沙頭
宿鷺聯拳靜船尾跳
魚撥剌鳴
杜甫七絕漫成一首
壬午正月姚俊卿

姚俊卿 書

杜甫七絕《漫成一（首）（絕）》

壬午正月

姚俊卿

楓橋夜泊

張繼

月落烏啼霜滿天，
江楓漁火對愁眠。
姑蘇城外寒山寺，
夜半鐘聲到客船。

江楓：一作江村。
姑蘇：蘇州的別稱。
寒山寺：在楓橋東邊，始建於南朝梁代，據說詩僧寒山曾居於此，故名。
夜半鐘聲：宋代歐陽修認為夜半「不是打鐘時」，引起後人爭論，而唐詩寫夜半鐘者甚多，不獨此詩。

這首詩不僅在國內廣為傳誦，而且早就「流傳日本，幾婦稚皆習誦之」（俞陛雲《詩境淺說續編》），足見其影響之大。詩中借乘船夜行的所見所聞所感，抒寫出詩人飄泊在外的離情與旅愁，真切，細膩，含蓄，深沉，意在言外，妙不可言。楓橋，亦名封橋，在今江蘇蘇州西郊。

戴敦邦

乙亥秋
戴敦邦作唐詩意圖

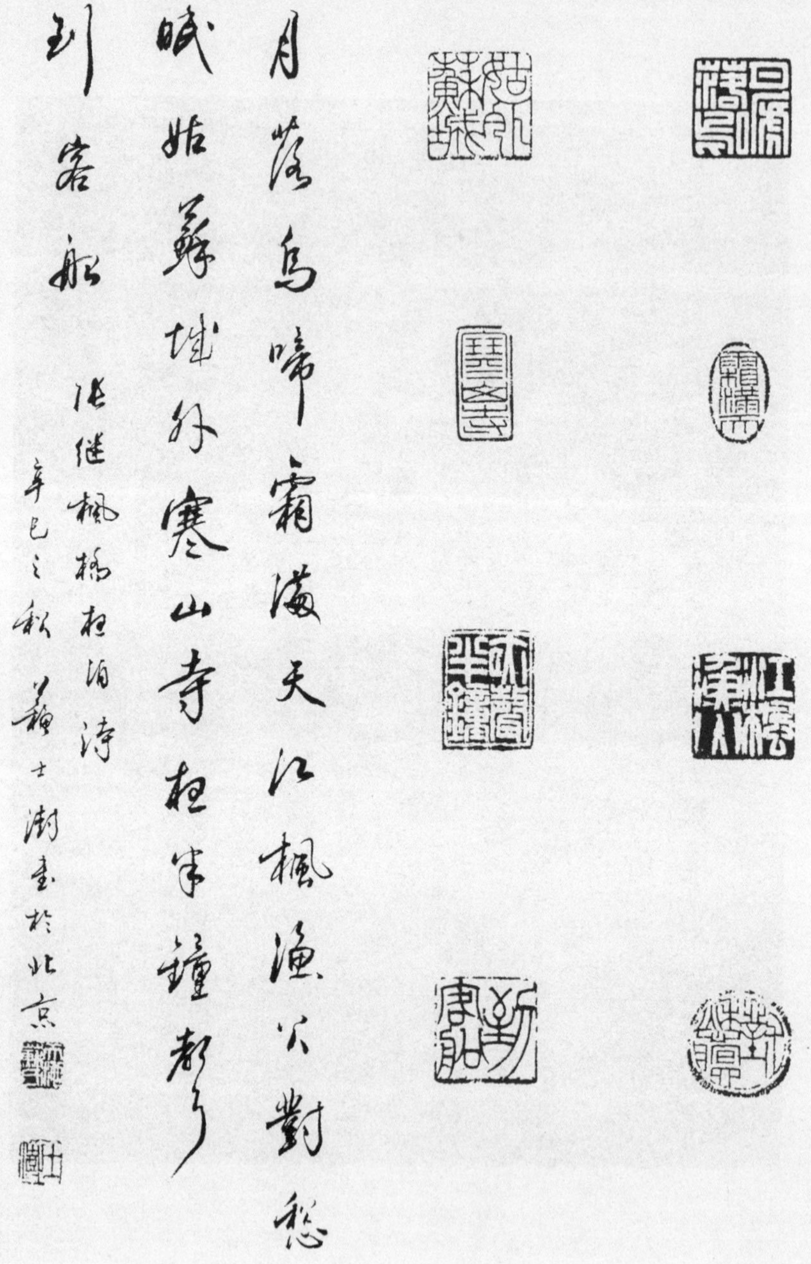
月落烏啼霜滿天江楓漁火對愁眠姑蘇城外寒山寺夜半鐘聲到客船
張繼楓橋夜泊詩
辛巳之秋蘇士澍書於北京

蘇士澍

張繼《楓橋夜泊》詩
辛巳之秋
蘇士澍書於北京

寒食

韓翃

春城無處不飛花，
寒食東風御柳斜。
日暮漢宮傳蠟燭，
輕煙散入五侯家。

御柳：宮苑中的楊柳。
斜：形容柳枝在東風中搖曳之狀。
傳蠟燭：《西京雜記》載，「寒食禁火日，賜侯家蠟燭」。
輕煙：指點燃蠟燭時飄散的煙。
五侯：據《後漢書．宦官傳》，東漢桓帝在一日之內同時封宦官單超、徐璜等五人為侯，世稱「五侯」。

這是一首借漢代故事諷喻現實的詩。唐代自「安史之亂」後，政權逐漸被宦官操縱。本篇寫寒食禁火之時，漢皇於日暮時分賜火宦官貴族以示恩寵的故實，含蓄地諷刺了唐代政治的黑暗。語淺意深，構思新巧。寒食，在清明節前一天，古時風俗，是日禁火冷食。

童介眉

童介眉寫

段成桂

段成桂

夜月

劉方平

更深月色半人家，
北斗闌干南斗斜。
今夜偏知春氣暖，
蟲聲新透綠窗紗。

更深：指三更以後。古時一夜分五更，以漏聲或鼓聲報知，稱為更漏或更鼓。
月色半人家：指月光照亮半個院子，一半兒明亮，一半兒暗淡。北斗：北斗七星。
闌干：橫斜的樣子。
偏：最。新：才，剛。
透：透過，穿過。

這首詩寫一個春天夜晚的景象，表達了詩人對生活中小事的敏銳感受。把清冷的月亮寫得春意盎然，構思新穎巧妙，觀察事物細緻準確，表現出藝術家的獨創精神。

呂士榮 繪

庚辰歲

士榮畫記

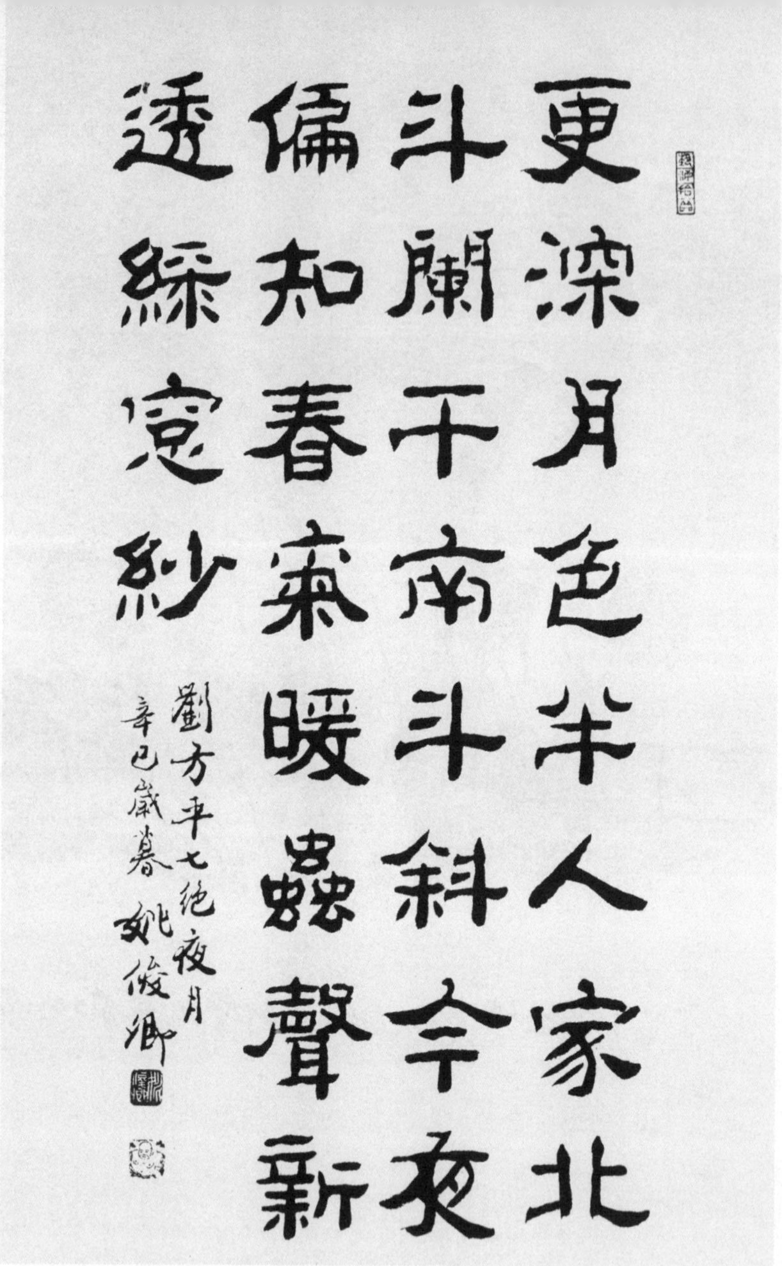
更深月色半人家北
斗闌干南斗斜今夜
偏知春氣暖蟲聲新
透綠窗紗
劉方平七绝夜月
辛巳歲暮 姚俊卿

姚俊卿 書

劉方平七絕《夜月》

辛巳歲暮

姚俊卿

登鸛雀樓

王之渙

白日依山盡，
黃河入海流。
欲窮千里目，
更上一層樓。

白日：明亮的太陽。
盡：消失。
窮：盡。
更：再。

這首詩寫作者登鸛雀樓向遠處眺望的情景，描繪了祖國雄偉壯麗的山河。詩中所寫，看似登樓過程，卻表達了詩人向上進取的精神、高瞻遠矚的胸襟，也道出登高才能望遠的哲理。鸛雀樓，在蒲州，即今山西永濟西南黃河邊上，前可瞻望中條山，下可俯視黃河，因常有鸛雀停留其上而得名。原樓有三層，今已倒塌。

登鸛雀樓 王之渙 白日依山盡黃河入海流欲窮千里目更上一層樓 乙亥 戴敦邦作唐詩百首詩意圖于滬上

戴敦邦 繪

乙亥
戴敦邦作唐詩百首詩意圖
於滬上

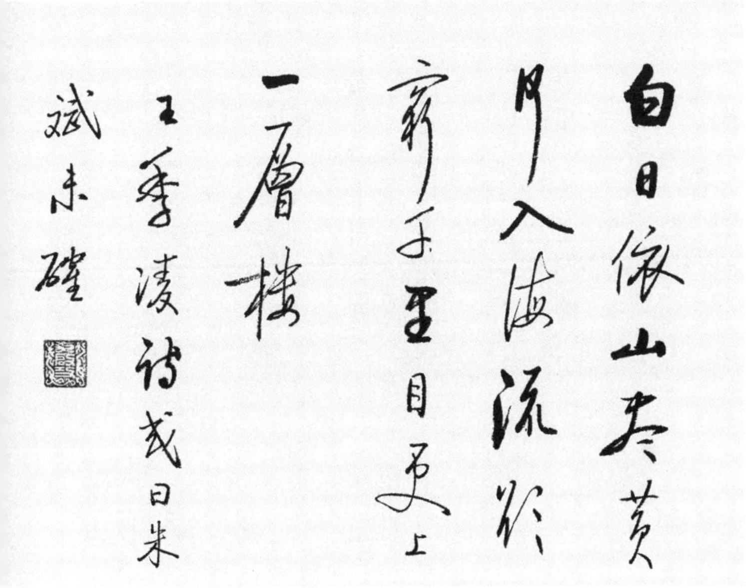
白日依山盡黃
河入海流欲
窮千里目更上
一層樓
王季淩詩或曰朱
斌未確

啟功

王季淩詩或曰朱斌，未確

涼州詞

王之渙

黃河遠上白雲間，
一片孤城萬仞山。
羌笛何須怨《楊柳》，
春風不度玉門關。

孤城：指玉門關。
仞：長度單位。古代七尺或八尺為一仞。
羌笛：笛。古代羌族的一種管樂器。何須：有什麼必要。
《楊柳》：指古代歌曲《折楊柳》。古人送別，常常折楊柳枝相贈，因「柳」、「留」諧音，表示挽留。度：越過。
玉門關：古代西北邊關名，漢代建置，唐代邊疆重鎮，是唐時通往西域的要道。故址在今甘肅敦煌西北。

這首詩展現了古代涼州一帶曠闊悲涼的景象，含蓄地表露了離家出征的人的哀怨之情。涼州詞，唐代樂府曲名，多歌唱邊塞生活。涼州，治所在今甘肅武威。

孫文鐸
唐人王之渙詩意
辛巳八月

河遠上白云間一片孤城萬仞山
唐人王之渙詩
文鐸

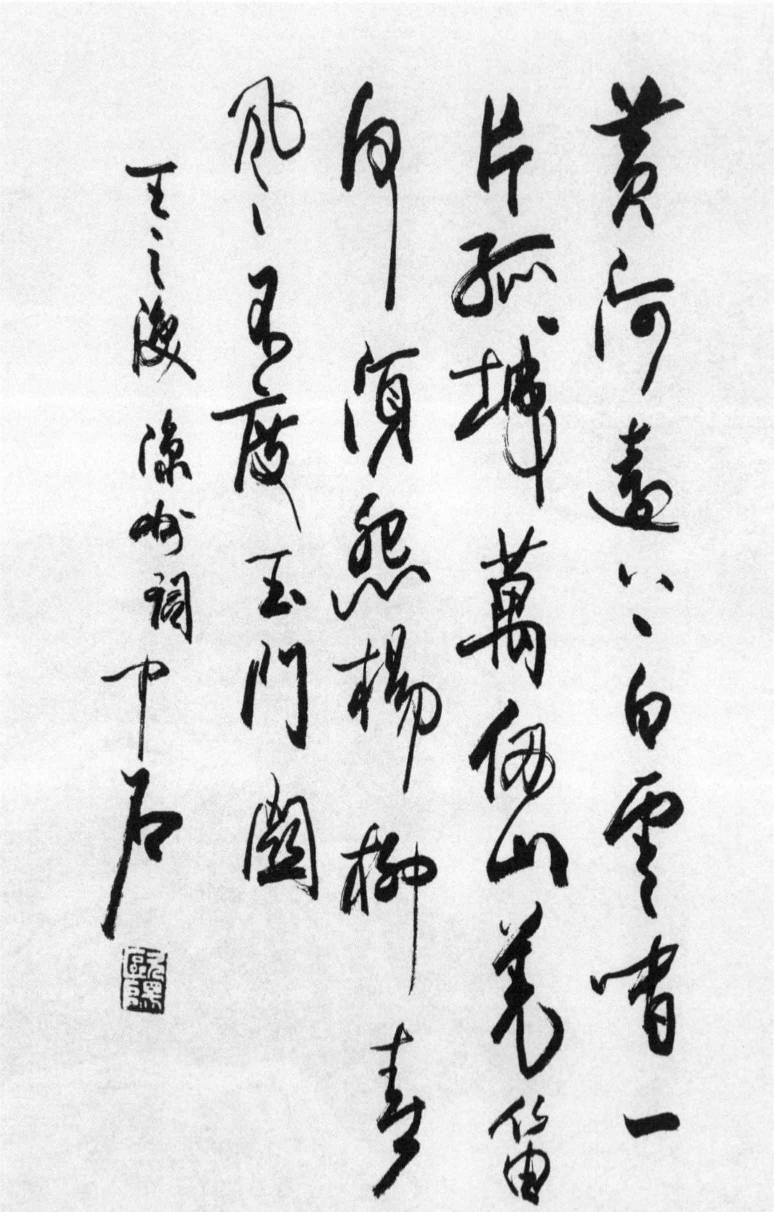
黄河遠上白雲間一片孤城萬仞山羌笛何須怨楊柳春風不度玉门關
王之渙涼州詞 中石

歐陽中石 書

王之渙《涼州詞》

中石

春雨

竇群

昨日偷閑看花了，
今朝多雨奈人何。
人間盡似逢花雨，
莫愛芳菲濕綺羅。

逢花雨：花季而多雨。
綺羅：用綺羅製成的衣裳，泛指華美的服飾。

這首詩似為一時感悟之作。看花與淋雨是一對矛盾，而人間之事常似之，因「愛芳菲」而致「濕綺羅」。生活中許多事莫不是利弊相伴，福禍相隨，未見十全十美者。故詩看似隨手拈來，而實寓含有深刻的哲理。

孔維克 繪

唐人詩句
庚辰之夏
孔維克

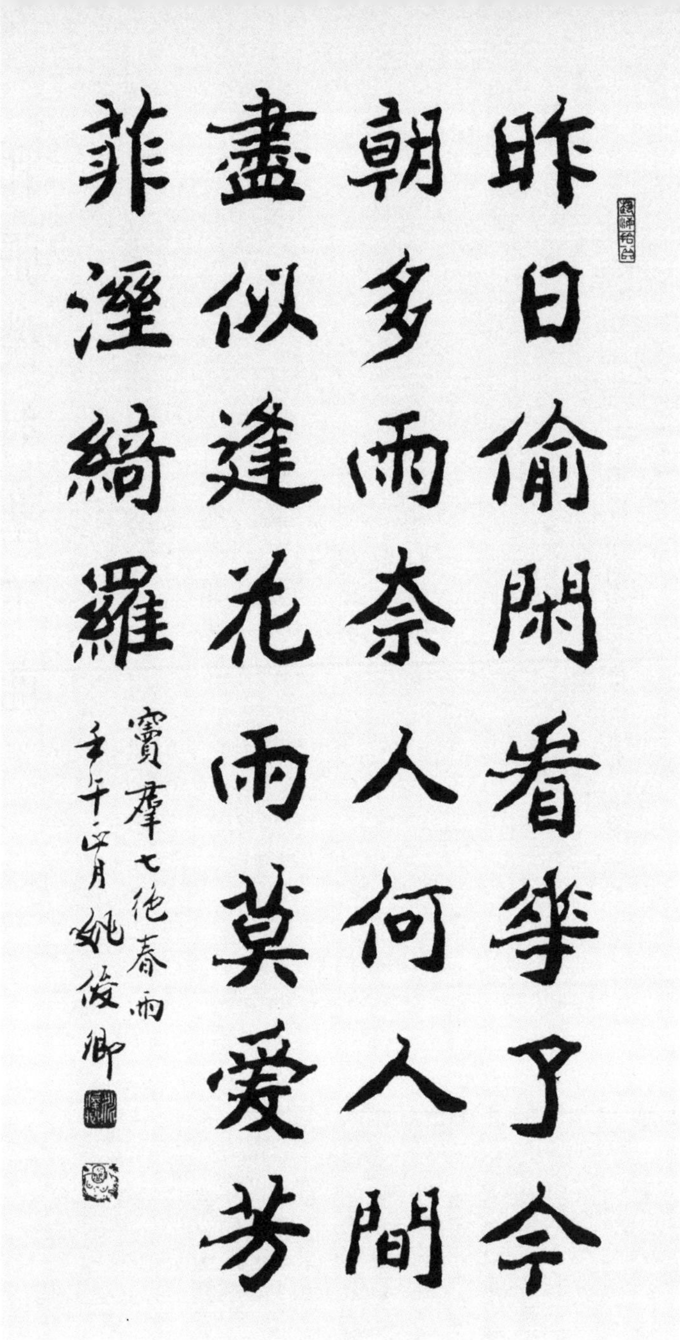
昨日偷閒看華了今
朝多雨奈人何人間
盡似逢花雨莫愛芳
菲溼綺羅
竇羣七绝春雨
壬午正月姚俊卿

姚俊卿 書

竇群七絕《春雨》
壬午正月
姚俊卿

和張僕射塞下曲

盧綸

林暗草驚風，
將軍夜引弓。
平明尋白羽，
沒在石棱中。

驚風：驟然颳起了風。
引弓：開弓。
白羽：指用白色的羽毛裝飾成的器物，這裏指箭。

《和張僕射塞下曲》組詩，又作「塞下曲」，分別寫發號施令、凱旋慶功等情節。本詩為組詩的第二首。詩歌描寫將軍夜間獵虎的情形，讚美了將軍的才略，筆力遒勁，用語質樸。塞下曲，樂府曲名，唐人的《塞上曲》、《塞下曲》出自漢樂府的《出塞曲》、《入塞曲》。

高向陽 繪

李廣射虎

漢將軍李廣驍勇善戰
匈奴聞之喪膽
謂之「飛將軍」
某日遇猛虎於途
箭射之，乃臥石
箭入不能拔也
己卯夏
向陽

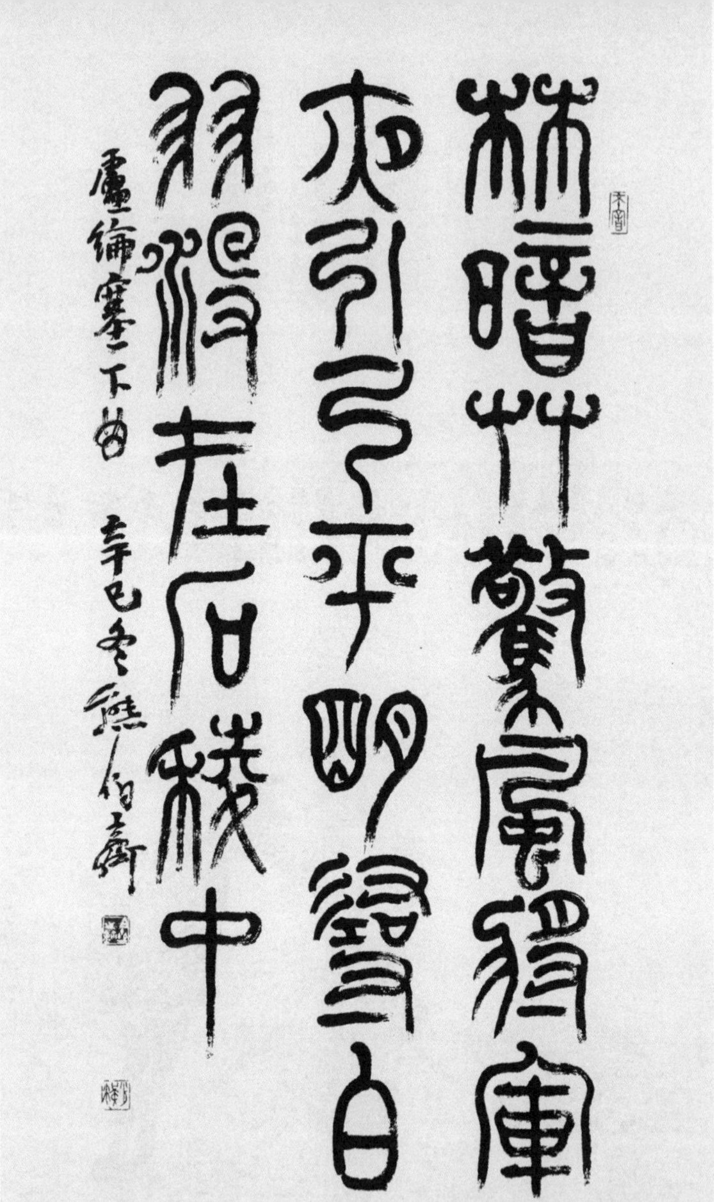
林暗草驚風將軍
夜引弓平明尋白
羽沒在石稜中
盧綸塞下曲
辛巳冬熊伯齊

熊伯齊 書

盧綸《塞下曲》
辛巳冬
熊伯齊

邊思

李益

腰懸錦帶佩吳鈎，
走馬曾防玉塞秋。
莫笑關西將家子，
只將詩思入涼州。

吳鈎：古代吳地的一種彎形刀。
玉塞：即玉門關。這裏泛指西北邊塞。
防秋：每當秋高馬肥，北方遊牧民族就入塞侵擾，所以要加強防衛，稱為防秋。
關西：指函谷關以西。
涼州：西漢置，轄境相當今甘肅、寧夏和青海、內蒙古的一部分。這裏借指防秋前線。

這首詩很像是詩人的一幅自畫像。寫自己的裝束和戰鬥經歷，透露出理想和現實的矛盾，寄寓着蒼涼的時代和個人身世的感慨，突出了從軍詩人精神風貌的特徵。

呂士榮 繪

邊思

庚辰歲寫唐人詩意於湖上

士榮

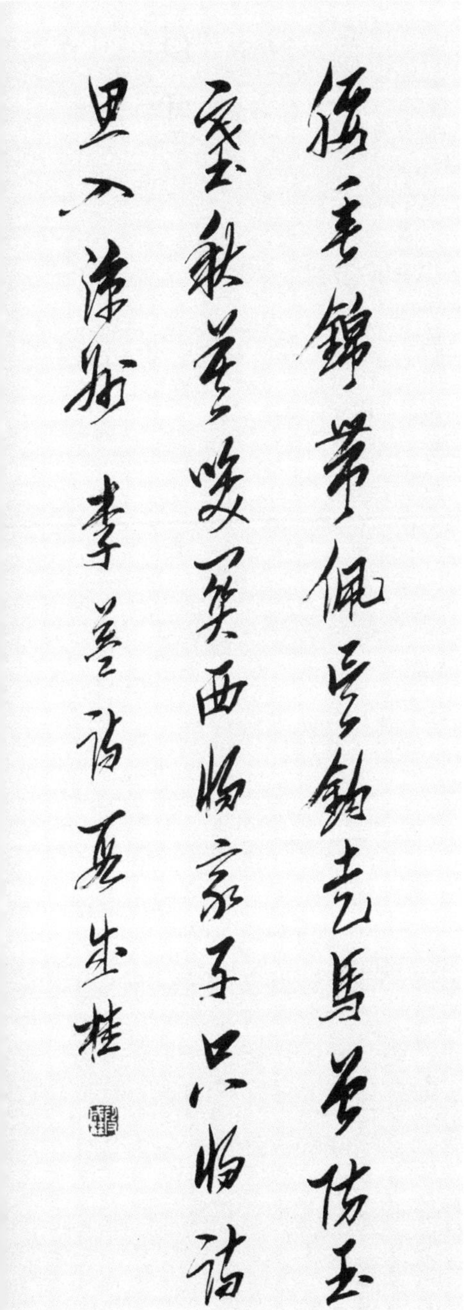

段成桂 書

李益詩

段成桂

江雪

柳宗元

千山鳥飛絕，
萬徑人蹤滅。
孤舟蓑笠翁，
獨釣寒江雪。

飛絕：絕跡。
人蹤滅：人的足跡消失了。
蓑笠翁：披着蓑衣，戴着斗笠的老翁。

這首詩寫江上雪景，詩中塑造出千山萬徑、人鳥絕跡、嚴風盛雪、天寒地凍間，孤舟獨釣的漁翁形象，曲折地反映了詩人在政治革新失敗、遭受打擊之後堅定不屈而又深感孤獨的悲憤情緒。情融景中，意在言外。

馬援 繪

柳宗元詩《江雪》畫意
辛巳之冬
祥雲軒馬援

千山
鳥飛
萬徑
人蹤
滅孤
舟蓑
笠翁
獨釣
寒江
雪
柳宗
元詩
江雪
畫意
辛巳
之冬
祥雲
軒
馬援

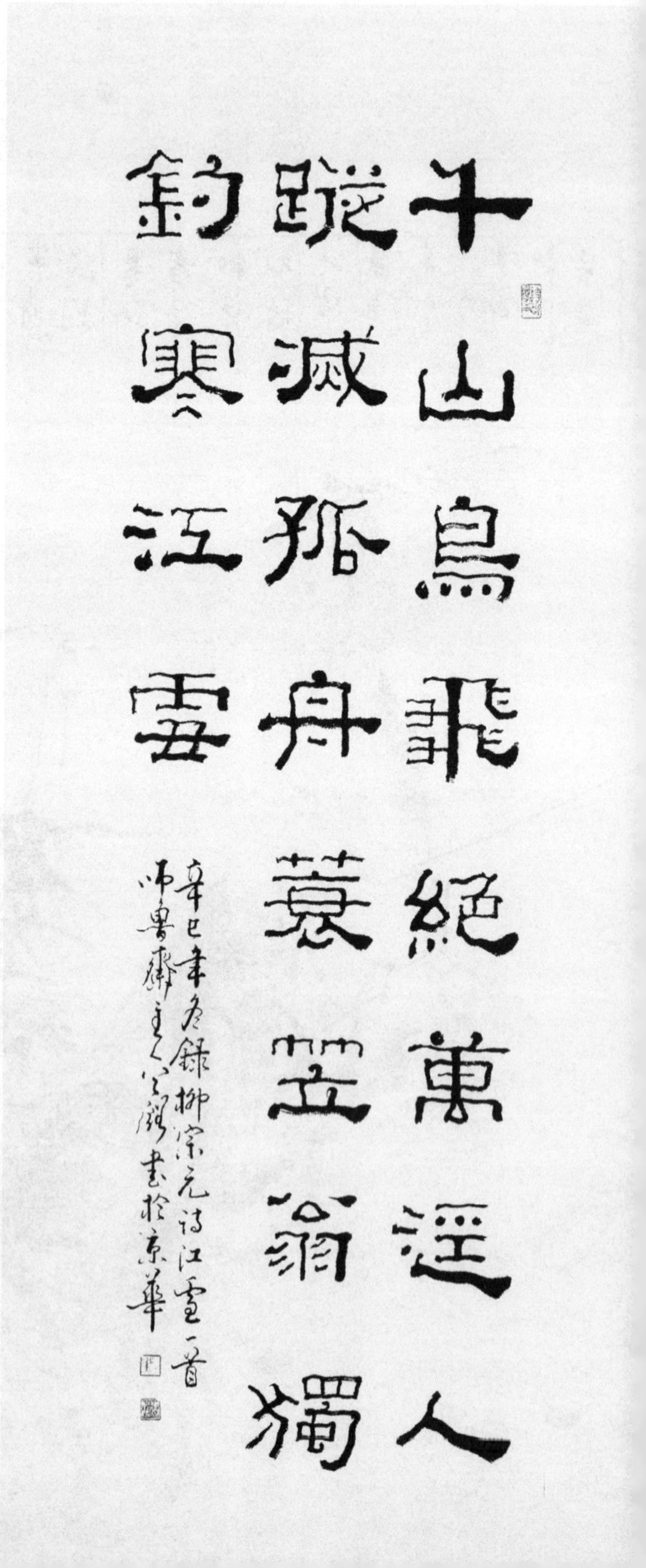
千山鳥飛絕萬逕人
蹤滅孤舟蓑笠翁獨
釣寒江雪

谷溪 書

辛巳年冬錄柳宗元詩《江雪》一首
師魯齋主人谷溪書於京華

竹枝詞

劉禹錫

楊柳青青江水平，
聞郎江上唱歌聲。
東邊日出西邊雨，
道是無晴卻有晴。

「東邊」句：此以天氣的陰晴不定暗示情人的態度有些使人捉摸不透。晴，此以「晴」諧「情」，乃民歌常用的修辭手法。

《竹枝詞》原為巴渝一帶民歌，劉禹錫依其曲譜，製成新篇。詩用第一人稱的口吻，表現一位戀愛中的少女微妙心理，格調剛健，語言清新，既有民歌的特殊風味，又含文人詩的情韻，是文人向民間藝術學習的成功之作。

童介眉

童介眉寫

杨柳青青江水平，闻郎江上踏歌声。东边日出西边雨，道是无晴却有晴。

段成桂

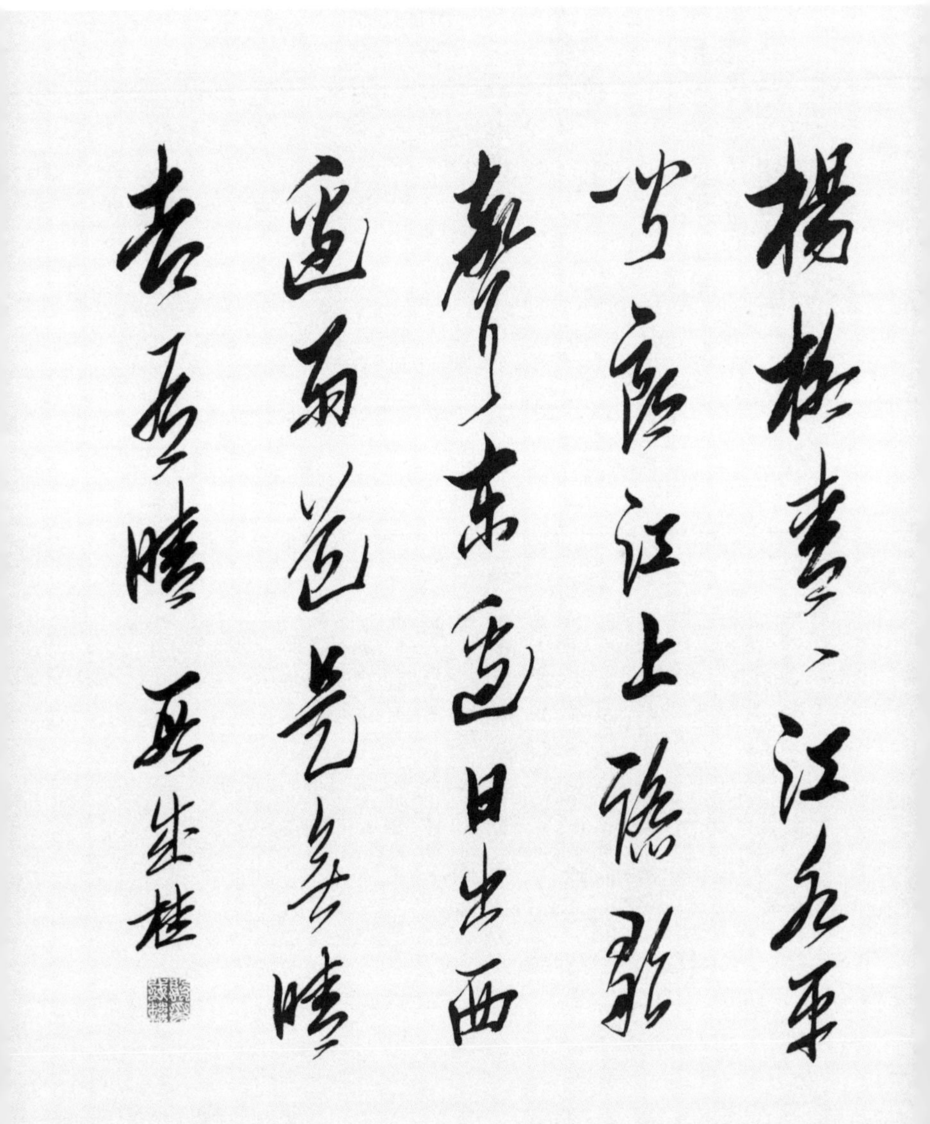

秋詞

劉禹錫

自古逢秋悲寂寥，
我言秋日勝春朝。
晴空一鶴排雲上，
便引詩情到碧霄。

悲寂寥：宋玉《九辯》：「悲哉，秋之為氣也！蕭瑟兮，草木搖落而變衰。憭慄兮，若在遠行。登山臨水兮，送將歸。」寂寥，蕭瑟淒涼。
排雲：衝破雲層。
碧霄：藍天。

劉禹錫《秋詞》共兩首，此其一。秋天自古易引發遷客騷人的悲思，從戰國時宋玉的《九辯》起，秋天的題材就與淒涼的心緒結下不解之緣。劉禹錫仕途亦多坎坷，但剛正不屈的性格、旺盛的意志卻使他不論在何等惡劣的環境中，都能保持開朗樂觀的生活態度。在這首吟詠秋天的作品中，作者就一反傳統秋詞哀婉的情調，唱出了明麗歡快的歌。

孫文鐸 繪

劉禹錫詩意
辛巳年秋日
文鐸寫於京華

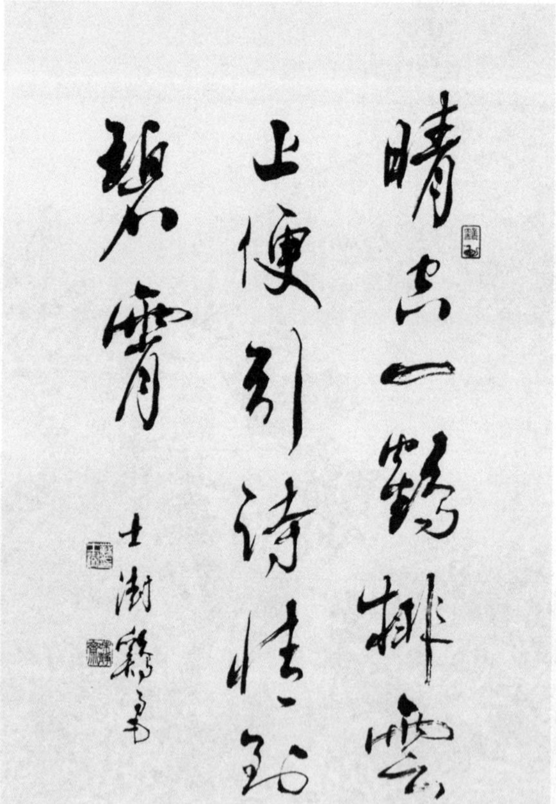
晴空一鶴排雲上
便引詩情到碧霄
士澍錄

浪淘沙

劉禹錫

九曲黃河萬里沙，
浪淘風簸自天涯。
如今直上銀河去，
同到牽牛織女家。

九曲：形容黃河曲曲彎彎。九，不是確指，泛指其多。
簸：此指風吹。
銀河：又叫天河，傳說黃河源與銀河相通。
牽牛織女：牽牛星、織女星。神話把這兩個星說成牛郎、織女。

浪淘沙，唐教坊曲名，《樂府詩集》列為近代曲詞。五代、北宋人沿用此名創製新詞，遂為詞牌名之一。劉禹錫「浪淘沙」共九首，這裏選的是其中一首。這首詩聯繫神話傳說，描寫黃河的形象和氣勢。

苗重安 繪

九曲黃河萬里沙

苗重安畫

鄒德忠

劉禹錫詩《浪淘沙》
辛巳年之臘月
風靜日麗日
鄒德忠於知不知齋書

春閨思

張仲素

嫋嫋城邊柳，
青青陌上桑。
提籠忘採葉，
昨夜夢漁陽。

嫋嫋：形容柳樹枝條細長柔美的樣子。
陌上：田間小路。
籠：竹籃。
漁陽：今河北薊縣，這裏代指邊城。

這首詩通過對春天採桑時回憶夢境的描寫，刻畫了一個閨中女子對出征在外的丈夫的思念之情。構思巧妙，筆法新穎，寫思不見「思」字，寫夢不見夢景，但讀者卻可以思而得之。

華三川

己亥年夏日

浙東華三川畫並題

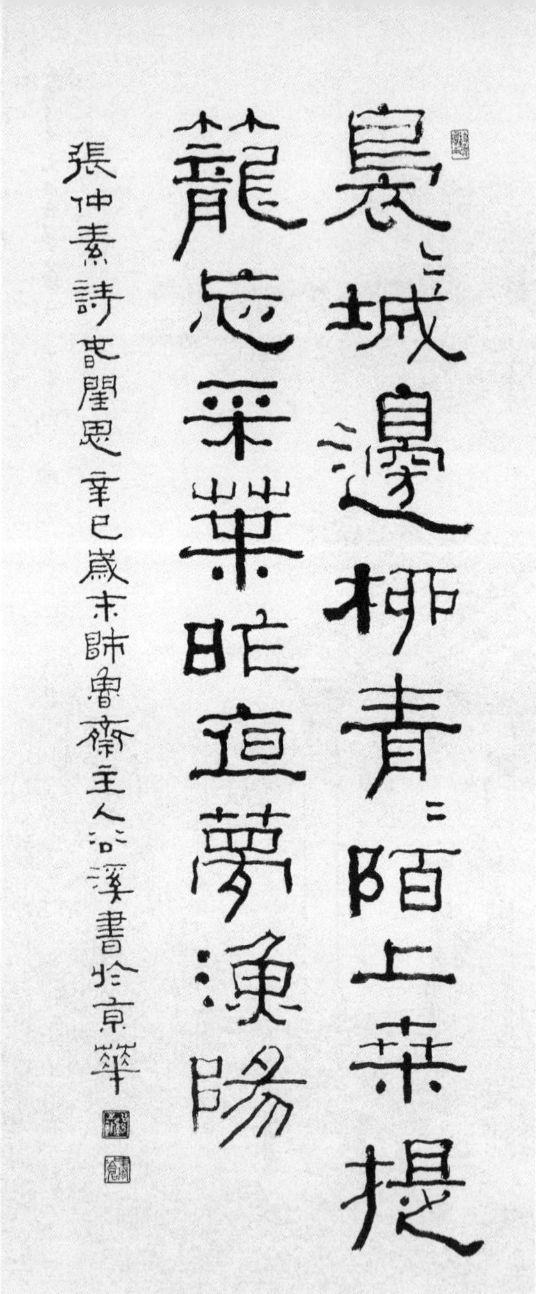
裊裊城邊柳青青陌上桑提籠忘采葉昨夜夢漁陽
張仲素詩春閨思 辛巳歲末師魯齋主人谷溪書於京華

谷溪 書

張仲素詩《春閨思》
辛巳歲末
師魯齋主人谷溪書於京華

題都城南莊

崔護

去年今日此門中，
人面桃花相映紅。
人面不知何處去，
桃花依舊笑春風。

這首詩通過對一位乍見旋離的美貌多情的姑娘的回憶，寫了今昔之感。據孟棨《本事詩》記載，一年清明節，詩人獨遊都城郊外南莊，因為口渴，向一位農家姑娘討水喝。姑娘給了他一杯水，並倚在桃樹旁凝視着他，「意屬殊厚，妖姿媚態，綽有餘妍」。送他至門，「如不勝情而入，崔亦眷盼而歸」。這情景使詩人難以忘懷。第二年清明，詩人又來到這裏，雖然景物依舊，但姑娘卻不知哪兒去了，於是在緊閉的門上寫了這首詩，表達了對姑娘的思念。詩寫得語言流暢，膾炙人口，有經久不衰的藝術生命力。除了詩的本事動人，根本原因是表達一種人生的體驗：在不經意的情況下，遇到了美好事物，讓人難以忘懷，但當刻意去追求時，卻不可復得了。一種失望和悵惘的心情充溢其中。都城，即長安，今陝西西安。

董淑嬪

人面桃花
一九八〇年春
淑嬪畫於北京

姚俊卿 書

崔護七絕《題都城南莊》
壬午正月初一
姚俊卿

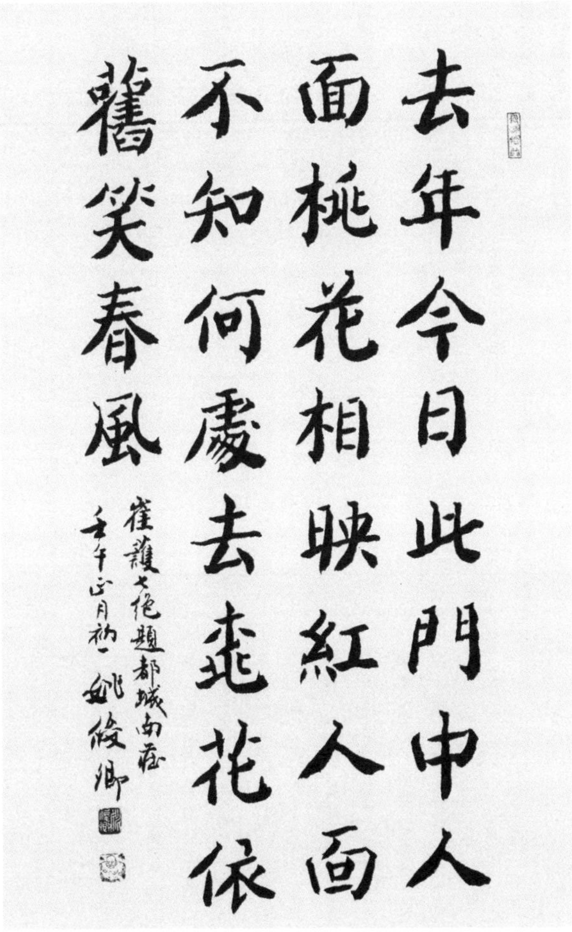
去年今日此門中人
面桃花相映紅人面
不知何處去桃花依
舊笑春風
崔護七絕題都城南莊
壬午正月初一 姚俊卿

遊子吟

孟郊

慈母手中線，遊子身上衣。
臨行密密縫，意恐遲遲歸。
誰言寸草心，報得三春暉。

寸草心：小草的嫩心，比喻遊子對母愛的報答很微小。
三春：整個春季三個月。
暉：陽光，比喻母親對兒女的恩情。

這首詩通過臨行縫衣的細節，寫慈母摯愛兒女的心情。「誰言寸草心，報得三春暉」是遊子之情，真摯懇切。詩中表達了人人共有的心聲，引起人們共鳴，成為千古流傳的名篇。遊子吟，樂府舊題，屬雜曲歌辭。遊子，離家遠遊的人。

遊子吟 孟郊 慈母手中線遊子身上衣臨行密密縫意恐遲遲歸誰言寸草心報得三春暉 丙子年戴敦邦製唐詩圖百首於滬上

戴敦邦 繪

丙子年
戴敦邦製唐詩圖百首於
滬上

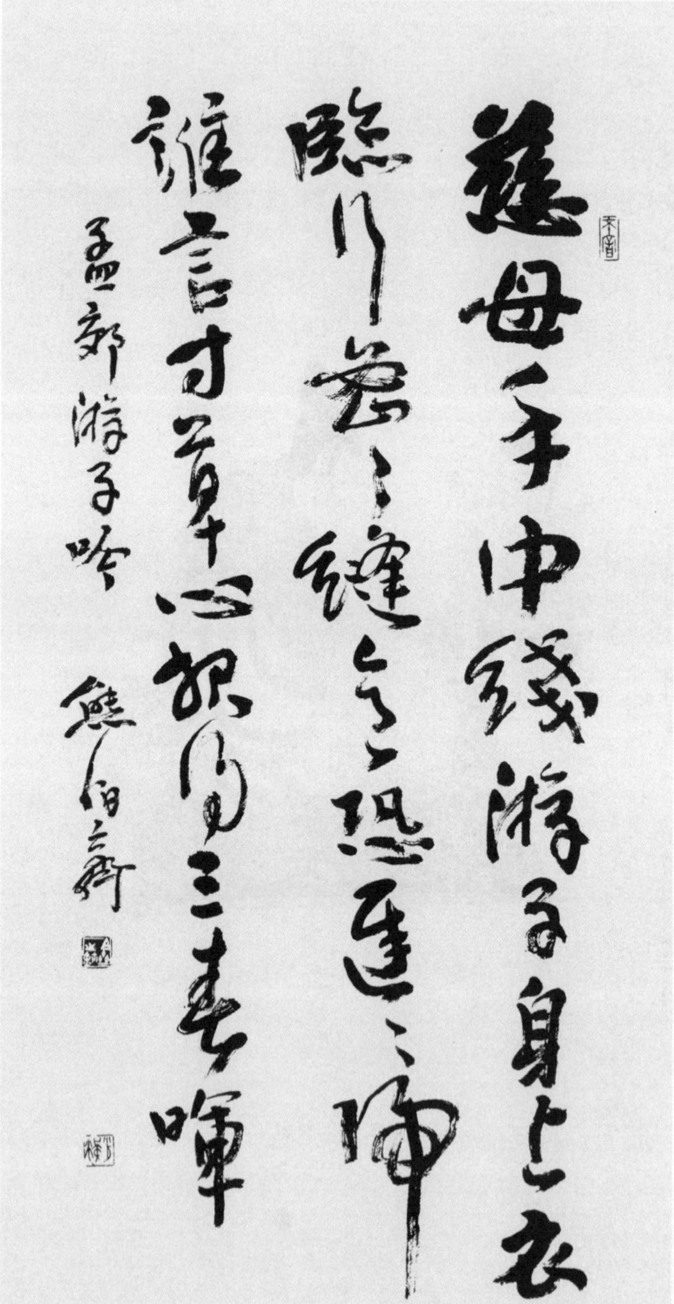
慈母手中綫游子身上衣
臨行密密縫意恐遲遲歸
誰言寸草心報得三春暉
孟郊游子吟
熊伯齊

熊伯齊

孟郊《遊子吟》

熊伯齊

登科後

孟郊

昔日齷齪不足誇，
今朝放蕩思無涯。
春風得意馬蹄疾，
一日看盡長安花。

齷齪（wò cuò）：處境窘迫，局促鬱悶的樣子。孟郊一生窮愁潦倒，科舉考試屢遭挫折，因而困頓失意。
放蕩：無拘無束，自由自在，心情暢快。
春風得意馬蹄疾：進士考試在秋季，次年春發榜，錄取者有騎馬遊行的儀式。
看盡：賞遍。全句謂，一天之內賞遍了京都長安的各種花卉，用以表達考取進士的興奮心情。

這首詩抒寫了詩人進士及第後的歡快心情和對未來的美好憧憬，表現出登科後春風得意、無限歡欣的喜悅之情。登科，及第，考取進士。

昔日齷齪不足誇今朝放蕩思無涯春風得意
馬蹄疾一日看盡長安花庚辰雨水前寫唐
詩人孟郊登科後詩意圖於滬上浦江

顧炳鑫

庚辰雨水前寫唐詩人孟郊《登科後》詩意圖於海上，浦江西岸蘆頂樓
寶山顧炳鑫製，特年七十又七

熊伯齊 書

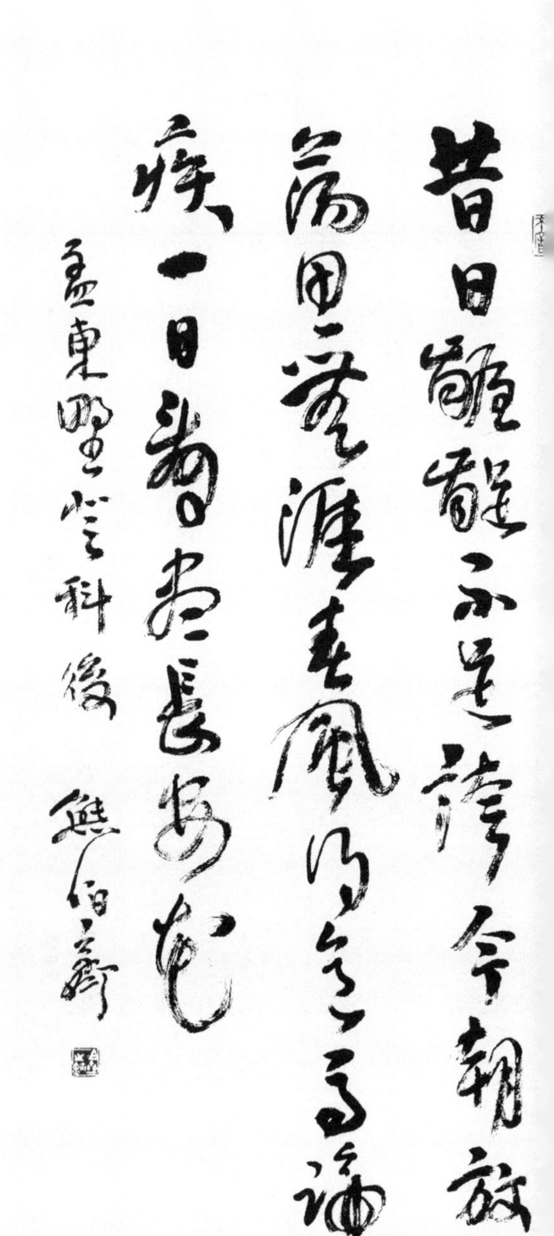
昔日齷齪不足誇
今朝放蕩思無涯
春風得意馬蹄疾
一日看盡長安花
孟東野登科後
熊伯齊

孟東野《登科後》
熊伯齊

李憑箜篌引

李賀

吳絲蜀桐張高秋，空白凝雲頹不流。
江娥啼竹素女愁，李憑中國彈箜篌。
昆山玉碎鳳皇叫，芙蓉泣露香蘭笑。
十二門前融冷光，二十三絲動紫皇。
女媧煉石補天處，石破天驚逗秋雨。
夢入神山教神嫗，老魚跳波瘦蛟舞。
吳質不眠倚桂樹，露腳斜飛濕寒兔。

這首詩，用豐富多彩的詞彙，靈妙奇特的比喻，描繪彈奏箜篌的音樂效果，讚歎演奏技藝的高超。李憑，當時的著名樂師，善於彈箜篌。引，樂府詩歌體裁名，如歌、行之類。

吳絲蜀桐：是製作箜篌的材料，這裏指箜篌。當時，吳地（今江蘇、浙江一帶）產絲弦最佳，蜀中（今四川）桐木製樂器質優。

張：張開，指彈奏。

空白：指天。

凝雲頹不流：即響遏行雲。頹，堆積。

江娥：即湘妃。

素女：古代神話中的女神，善鼓瑟。

中國：即國中。

昆山：崑崙山，傳説山上多玉石。

鳳皇：即「鳳凰」。

十二門：長安城四面各有三門，共十二門，這裏代指長安。

融冷光：消融了深秋的寒氣。

二十三絲：豎箜篌二十三根弦，這裏代指樂聲。

紫皇：道教徒所説的天帝，這裏暗指皇帝。

女媧：古代神話中人類的始祖，曾煉五色石補天。

逗：引。

夢入神山：指樂聲進入迷人的音樂幻境，就像進入神山一樣。

教神嫗：使神嫗彈奏。據古籍載，古時有神嫗，名成夫人，能彈箜篌。嫗，老年婦女的通稱。

老魚跳波瘦蛟舞：寫音樂的神妙，感及魚、蛟，跳出水面傾聽音樂，翩翩起舞。《列子》有「瓠巴鼓瑟而鳥舞、魚躍」。此處暗用此典。

吳質：神話中被貶在月宮砍桂樹的吳剛，字質。

露腳斜飛濕寒兔：倒裝句，即月光斜射濕寒露之意。露腳，露水滴落。寒兔，傳説月亮中有兔子，這裏代指秋月。

程十髮

戊午孟春
十髮並錄李長吉詩補空

吳絲蜀桐張高秋空白凝雲頹不流
江娥啼竹素女愁李憑中國彈箜篌
崑山玉碎鳳凰叫芙蓉泣露香蘭笑
十二門前融冷光二十三絲動紫皇
女媧煉石補天處石破天驚逗秋雨
夢入坤山教神嫗老魚跳波瘦蛟舞
吳質不眠倚桂樹露腳斜飛溼寒兔
李賀詩李憑箜篌引 辛巳年臘月鄒德忠於椿樹園知不知齋

鄒德忠 書

李賀詩《李憑箜篌引》
辛巳年臘月
鄒德忠於椿樹園知不
知齋

湘妃

李賀

筠竹千年老不死，長伴秦娥蓋湘水。
蠻娘吟弄滿寒空，九山靜綠淚花紅。
離鸞別鳳煙梧中，巫雲蜀雨遙相通。
幽愁秋氣上青楓，涼夜波間吟古龍。

筠竹：即斑竹。筠，竹子的青皮。斑竹竹皮特殊，故稱「筠竹」。
秦娥：神女，即湘妃。
蓋：覆蓋，遮蓋。言竹枝茂密，覆蓋水面。
蠻娘：指湘地村姑。
九山：九嶷山。傳說舜葬於蒼梧之九嶷山中。在今湖南寧遠南。
離鸞別鳳：指舜和二妃。舜葬蒼梧，二妃死於湘水，故稱。
巫雲蜀雨：暗用宋玉《高唐賦》典，言舜與二妃時有來往。
吟古龍：言有龍在鳴嘯。吟，古人稱龍鳴為吟。

這是一首詠史詩。湘妃即湘夫人，乃湘水女神，傳說舜之二妃所化。詩揣想舜與二妃的英靈千百年來在煙雲縹緲的蒼梧山中往來交通，只是世俗之人不得而知罷了。

整首詩着色深重，意境幽冷，氣韻蕭颯，代表着李賀詩的典型風格。

程十髮 繪

——丁巳十月

十髮並籀李長吉

《湘妃》詩

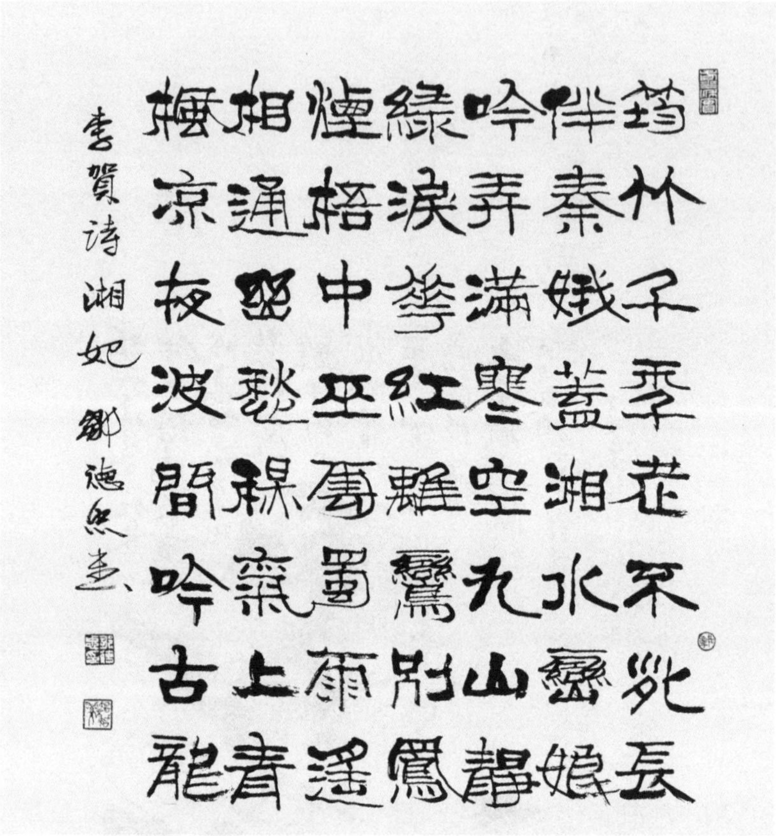
筠竹千年老不死長
伴秦娥蓋湘水蠻娘
吟弄滿寒空九山靜
綠淚花紅離鸞別鳳
煙梧中巫雲蜀雨遙
相通幽愁秋氣上青
楓涼夜波間吟古龍
李賀詩湘妃 鄒德忠書

鄒德忠

李賀詩《湘妃》
鄒德忠書

南園

李賀

花枝草蔓眼中開，
小白長紅越女腮。
可憐日暮嫣香落，
嫁與春風不用媒。

花枝：指木本的花。草蔓：指蔓生的花草。
「小白」句：言春花紅紅白白，如美女的腮頰。越女，越地多美女，後遂以越女泛指美女。
嫣香：指花瓣。嫣，美好的樣子。花瓣美而香。
嫁與春風：喻花隨風而舞。

李賀家居河南福昌（今河南宜陽）的昌谷，其地有南北二園，南園為李賀讀書處。南園詩共十三首，主題各異。這首詩慨歎容華易謝，豔質易缺，是一首惜春之作。

程十髮

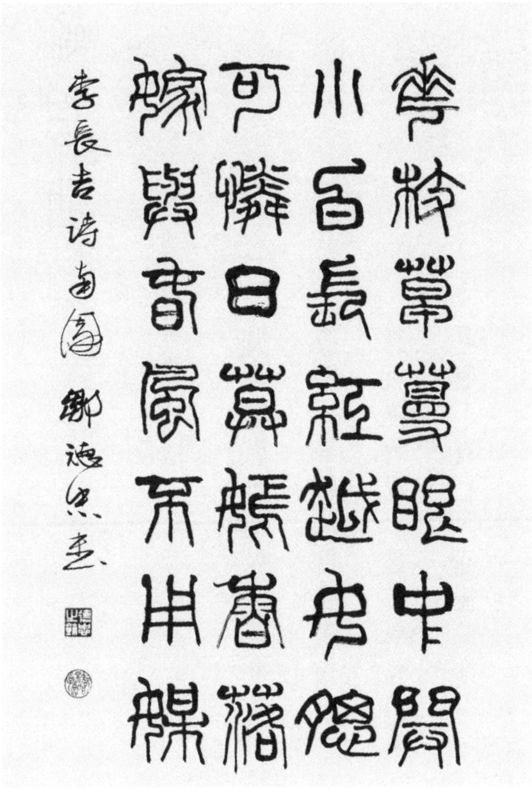
花枝草蔓眼中開
小白長紅越女腮
可憐日暮嫣香落
嫁與春風不用媒
李長吉詩南園
鄒德忠書

鄒德忠

李長吉詩《南園》
鄒德忠書

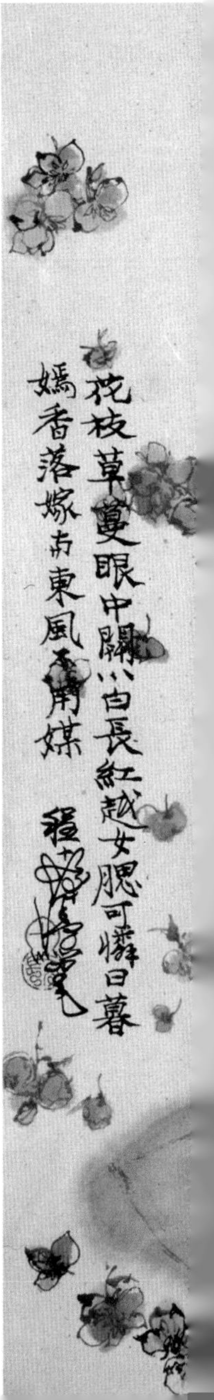
花枝草蔓眼中開小白長紅越女腮可憐日暮
嫣香落嫁與東風不用媒

難忘曲

李賀

夾道開洞門，弱楊低畫戟。
簾影竹華起，簫聲吹日色。
蜂語繞妝鏡，畫蛾學春碧。
亂繫丁香梢，滿欄花向夕。

洞門：重門洞開。弱楊：垂柳。
畫戟：繪有彩紋的戟。唐時三品以上官員，可列戟門前，以為儀飾。首二句形容門前的壯麗。畫蛾：畫眉。「畫」一作「拂」。
春碧：指春草。中四句形容室中的清靜及閨中的香豔。
丁香：一名丁子香。二三月花開後結子，其殼兩瓣相合，稱為丁香結，唐人詩中多以此喻愛情的固結不解。這裏用「亂繫」暗喻權豪的用情不專。花向夕：此以「花」喻眾姬妾，「向夕」言其被棄置不顧。

樂府舊題有《相逢行》，其中有「君家誠易知，易知復難忘」句。李賀《難忘曲》即出於此。詩諷刺豪門貴族姬妾成群、驕奢淫逸的生活，用詞蘊藉，立意深曲。

程十髮

十髮

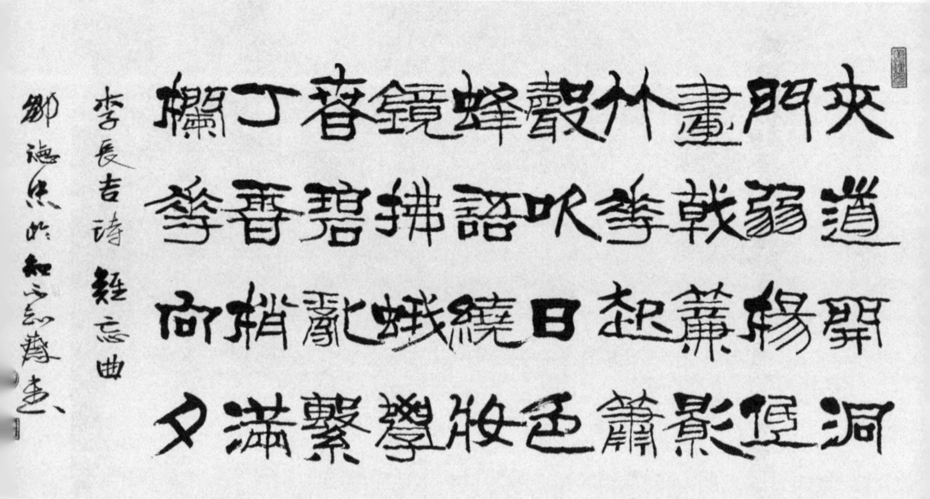
夾道開洞門弱楊低畫戟簾影竹華起簫聲吹日色蜂語繞妝鏡拂蛾學春碧亂繫丁香梢滿欄花向夕
李長吉詩難忘曲
鄒德忠於知不知齋書

鄒德忠

李長吉詩《難忘曲》

鄒德忠於知不知齋書

胡蝶飛

李賀

楊花撲帳春雲熱，
龜甲屏風醉眼纈。
東家胡蝶西家飛，
白騎少年今日歸。

楊花：即柳絮。
龜甲屏風：用雜色玉石鑲嵌成龜甲紋的屏風。
醉眼纈（xié）：一種有細碎花紋的織品。這裏指彩帶或彩衣。這二句寫紛飛的柳絮、悶熱的天氣及斑斕的屏風衣飾，都是為了表現春日繚亂的心情。東家胡蝶：胡蝶，即蝴蝶，喻指少婦的丈夫，言其東遊西蕩，浮浪如蝴蝶。白騎：白馬。

詩題一作《蝴蝶舞》，寫遇人不淑的閨中少婦煩亂的心境。設意濃豔而語氣婉約。

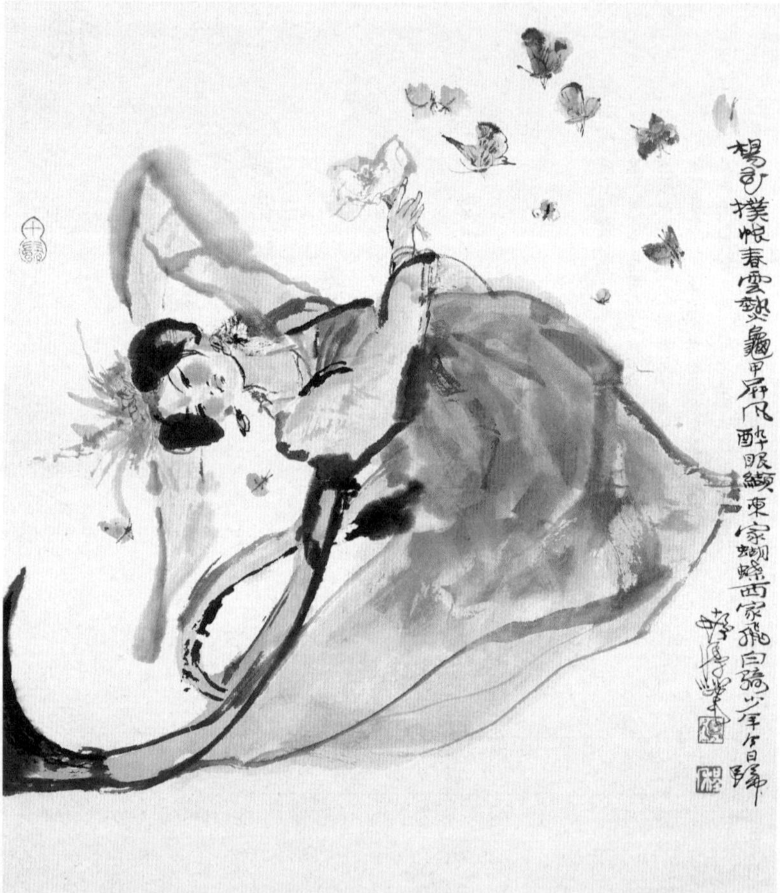
楊花撲帳春雲熱龜甲屏風醉眼纈東家蝴蝶西家飛白騎少年今日歸

程十髮 繪

十髮漫筆

楊花撲帳春雲熱龜甲屏風
醉眼纈東家蝴蝶西家飛白
騎少年今日歸
李賀詩胡蝶飛於京華椿樹園知不知齋鄒德忠

鄒德忠 書

李賀詩《胡蝶飛》
於京華椿樹園知不知齋
鄒德忠

綠水詞

李賀

今宵好風月，阿侯在何處？
為有傾人色，翻成足愁苦。
東湖採蓮葉，南湖拔蒲根。
未持寄小姑，且持感愁魂。

阿侯：詩人所懷之人。
傾人色：美色。
「翻成」句：言容顏過美反讓人因思念而心中甚苦。
小姑：對年少女子的稱呼。
感愁魂：安慰飽受離愁之苦的人，詩人自指。

《綠水》乃舊題，古辭已佚。李賀此詩是一首良夜懷人之作。感情樸素自然，語言流暢平易，從立意到佈局謀篇，都頗有民歌風味。

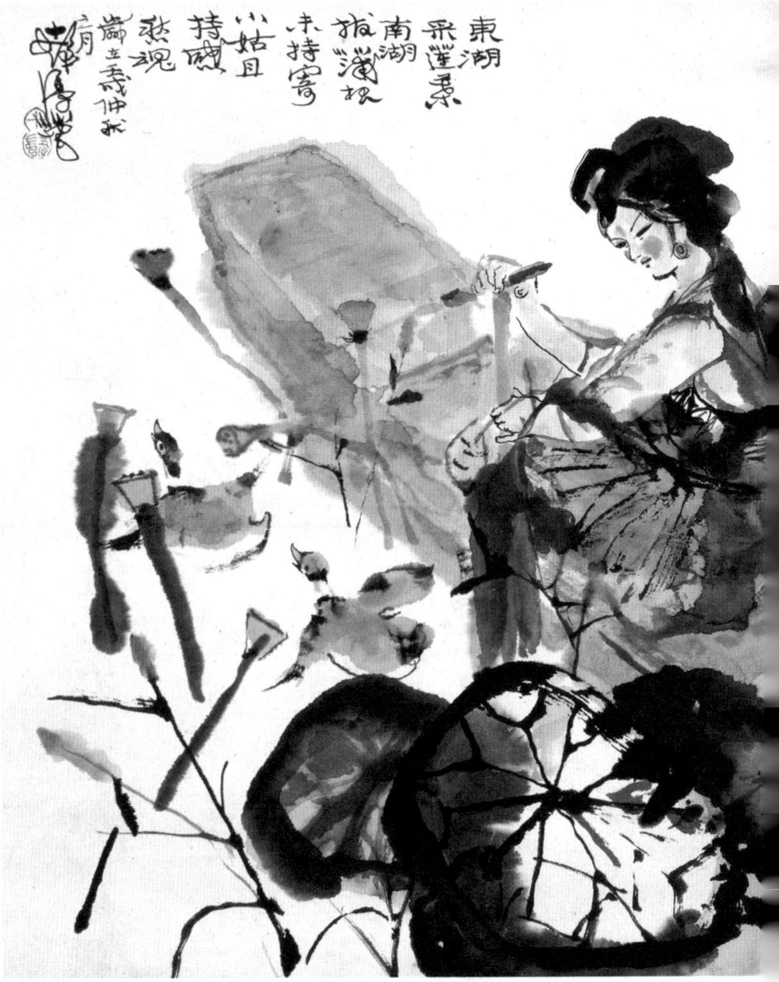
東湖采蓮葉
南湖拔蒲根
未持寄小姑
且持感愁魂

程十髮

歲在壬戌仲秋之月
十髮漫筆

鄒德忠 書

李賀詩《綠水詞》
鄒德忠

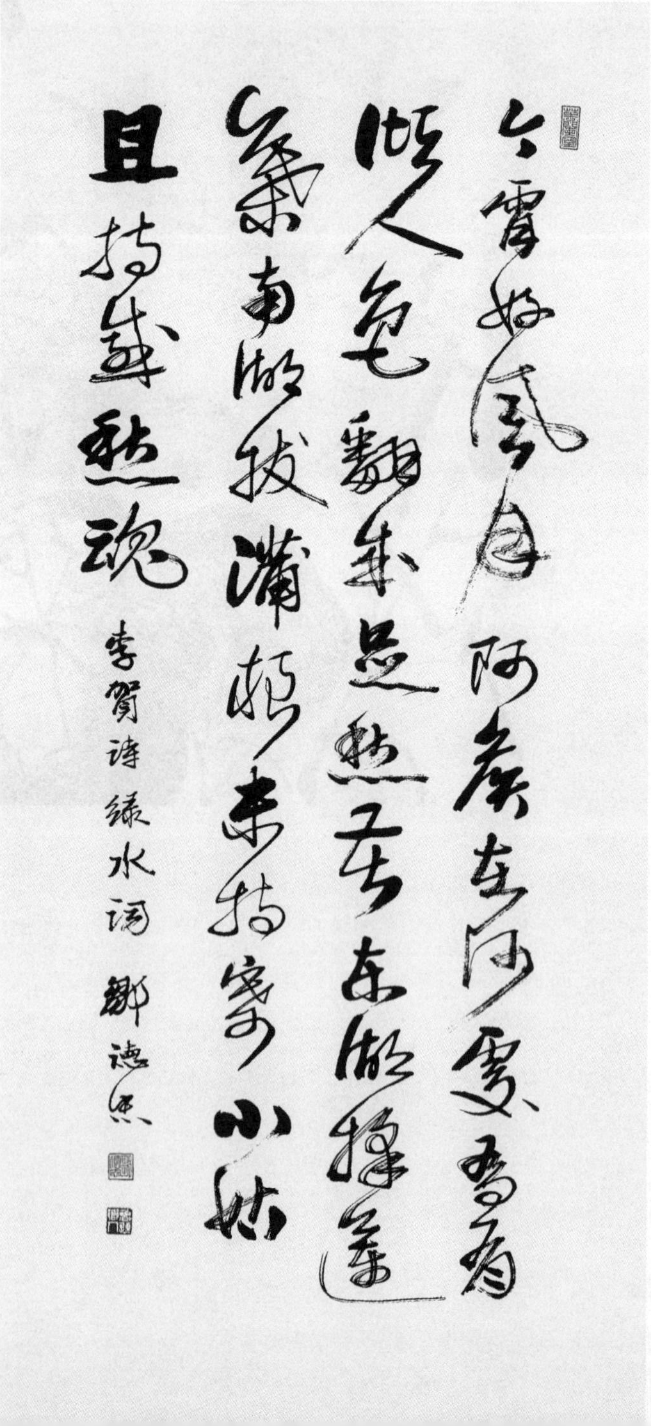
今宵好風月阿侯在何處為有傾人色翻成足愁苦東湖采蓮葉南湖拔蒲根未持寄小姑且持感愁魂
李賀詩綠水詞 鄒德忠

離思

元稹

曾經滄海難為水，
除卻巫山不是雲。
取次花叢懶回顧，
半緣修道半緣君。

難為水：《孟子．盡心篇》有「觀於海者難為水」句。全句意謂，經歷過大海的人，再見別處的水，便覺得難以稱其為水了。滄海極其深廣，別處的水相形見絀。巫山：用宋玉《高唐賦》典故。楚王與巫山神女幽會歡洽，神女離去時說：「妾在巫山之陽，高丘之陰，旦為朝雲，暮為行雨，朝朝暮暮，陽台之下。」全句謂，巫山的雲儀態萬千，美若「姣姬」，別處的雲不足以與之相比了。以上兩句是說，經見過滄海水、巫山雲，別處的水和雲就黯然失色了。用以比喻詩人和韋叢的愛情猶如滄海水般深廣、巫山雲般美好，世上無與倫比。取次：隨便。全句謂，任何花叢都不屑一顧。修道：尊佛奉道，修身治學。

這是一首悼念亡妻韋叢的詩作。詩人運用比興手法，謳歌純潔美好的真摯愛情，抒發了自己對亡妻忠貞不二與無限懷念之情。元稹的悼亡詩頗負盛名，而此詩，尤其是前兩句，廣為流傳，常在人口。

劉旦宅

曾經滄海難為水除
卻巫山不是雲取次
花叢懶迴顧半緣修
道半緣君
辛巳秋月書元稹詩離思之一首
師魯齋主人谷溪於京華

谷溪 書

辛巳秋月書元稹詩《離思》之一首

師魯齋主人谷溪於京華

賣炭翁

白居易

賣炭翁，伐薪燒炭南山中。
滿面塵灰煙火色，兩鬢蒼蒼十指黑。
賣炭得錢何所營？身上衣裳口中食。
可憐身上衣正單，心憂炭賤願天寒。
夜來城外一尺雪，曉駕炭車輾冰轍。
牛困人飢日已高，市南門外泥中歇。

這首詩，為白居易新樂府的第三十二首，自序：「苦宮市也」。唐德宗貞元末年，凡宮中所用日用品，都改由太監直接向民間採辦，叫「宮市」，實際上就是一種變相的掠奪。白居易此詩即是以一個賣炭翁的典型事例，生動揭示了宮市給普通百姓帶來的苦難。

翩翩兩騎來是誰？黃衣使者白衫兒。
手把文書口稱敕，回車叱牛牽向北。
一車炭，千餘斤，宮使驅將惜不得。
半匹紅紗一丈綾，繫向牛頭充炭直。

南山：長安附近有終南山。此泛指山。
何所營：營辦何物，購置什麼東西。
黃衣使者：指宮中派出的採辦員。黃衣白衫，是其服色。
敕：皇帝的詔令。
「回車」句：唐代長安城市建置，市在南而宮在北，故曰向北。

賣炭翁　白居易
賣炭翁伐薪燒炭南山中
滿面塵灰煙火色兩鬢蒼蒼
十指黑賣炭得錢何所營身上
衣裳口中食可憐身上
衣正單心憂炭賤願天
寒夜來城外一尺雪曉駕炭
車輾冰轍牛困人飢日

歲在乙亥冬日
華三川畫於滬西

滿面塵灰煙火色兩鬢蒼蒼十指黑
賣炭得錢何所營身上衣裳口中食
可憐身上衣正單心憂炭賤願天寒
夜來城外一尺雪曉駕炭車輾冰轍

白居易賣炭翁 伐薪燒炭南山中
辛巳除夕前一日 姚俊卿

姚俊卿 書

白居易《賣炭翁》
伐薪燒炭南山中
辛巳除夕前一日
姚俊卿

長恨歌

白居易

漢皇重色思傾國，御宇多年求不得。
楊家有女初長成，養在深閨人未識。
天生麗質難自棄，一朝選在君王側。
回眸一笑百媚生，六宮粉黛無顏色。
春寒賜浴華清池，溫泉水滑洗凝脂。
侍兒扶起嬌無力，始是新承恩澤時。
雲鬢花顏金步搖，芙蓉帳暖度春宵。
春宵苦短日高起，從此君王不早朝。

這首詩以唐玄宗與楊貴妃的愛情悲劇為題材，一方面給李楊淒婉的愛情以同情，一方面對玄宗荒淫致亂的行徑以鞭撻。詩中首先渲染唐玄宗得貴妃以後沉湎歌舞，縱慾行樂，寫出長恨的原因；接着描述安史之亂後，唐玄宗和楊貴妃愛情的毀滅；最後寫道士幫助唐玄宗尋找楊貴妃，把悲劇故事推向高潮。詩作情節完整曲折，人物形象鮮明，音節流暢和美，感情纏綿悱惻，是白居易詩作中膾炙人口的名篇，人稱「千字律詩」，影響深遠。

承歡侍宴無閑暇，春從春遊夜專夜。
後宮佳麗三千人，三千寵愛在一身。
金屋妝成嬌侍夜，玉樓宴罷醉和春。
姊妹弟兄皆列土，可憐光彩生門戶。
遂令天下父母心，不重生男重生女。
驪宮高處入青雲，仙樂風飄處處聞。
緩歌慢舞凝絲竹，盡日君王看不足。
漁陽鞞鼓動地來，驚破《霓裳羽衣曲》。
九重城闕煙塵生，千乘萬騎西南行。
翠華搖搖行復止，西出都門百餘里。
六軍不發無奈何，宛轉蛾眉馬前死。

漢皇：借漢朝皇帝指唐明皇。
傾國：指美女。
御宇：皇帝統治的地方，即他的領土。
楊家有女：指楊貴妃，小名玉環。
粉黛：粉，白色，塗臉用；黛，青色，畫眉用。這裏代婦女。
華清池：驪山華清宮的溫泉。
凝脂：形容皮膚細膩白淨像凝固的脂肪。
金步搖：首飾名，上有垂珠，行步便搖。
三千人：泛言人數之多。
列土：劃分土地給貴族。
驪宮：指驪山華清宮。
漁陽：郡名，今河北薊縣一帶。
鞞（pí）鼓：即鼙鼓，騎兵用的小鼓。此句指安祿山起兵叛唐。
《霓裳羽衣曲》：唐代大型舞曲名。
九重城闕：指長安。古時國都前建九重門。
翠華：皇帝乘輿上立華蓋，以翠鳥羽毛為飾。
蛾眉：代指美女，此處指楊貴妃。

花鈿委地無人收，翠翹金雀玉搔頭。
君王掩面救不得，回看血淚相和流。
黃埃散漫風蕭索，雲棧縈紆登劍閣。
峨嵋山下少人行，旌旗無光日色薄。
蜀江水碧蜀山青，聖主朝朝暮暮情。
行宮見月傷心色，夜雨聞鈴腸斷聲。
天旋日轉回龍馭，到此躊躇不能去。
馬嵬坡下泥土中，不見玉顏空死處。
君臣相顧盡沾衣，東望都門信馬歸。
歸來池苑皆依舊，太液芙蓉未央柳。
芙蓉如面柳如眉，對此如何不淚垂。

雲棧：高入雲間的棧道。
劍閣：四川劍閣，縣北有劍門關要塞。
行宮：皇帝出巡時的住處。
天旋日轉：這裏指時局發生重大變化。郭子儀等擊敗叛軍，收復長安，迎玄宗回宮。
龍馭：皇帝的車駕。
到此：指歸途經馬嵬坡。
太液：池名，在長安大明宮內。
未央：宮名，在長安城外西北。這裏都泛指唐朝宮殿。
內：大內，即皇宮之內。
椒房：后妃住的房子，以椒和泥塗於牆上。
阿監：宮中女官。
青娥：少女。
臨邛：今四川邛徠。
鴻都：漢代洛陽門名，此處借指長安。詩從此以下，轉為想像。不是事實，但確動人。
方士：即道士。
窮：盡，尋找遍了。
碧落：天上。

春風桃李花開夜，秋雨梧桐葉落時。
西宮南苑多秋草，宮葉滿階紅不掃。
梨園弟子白髮新，椒房阿監青娥老。
夕殿螢飛思悄然，孤燈挑盡未成眠。
遲遲鐘鼓初長夜，耿耿星河欲曙天。
鴛鴦瓦冷霜華重，翡翠衾寒誰與共。
悠悠生死別經年，魂魄不曾來入夢。
臨邛道士鴻都客，能以精誠致魂魄。
為感君王展轉思，遂教方士殷勤覓。
排空馭氣奔如電，升天入地求之遍。
上窮碧落下黃泉，兩處茫茫皆不見。

五雲：五彩祥雲。

金闕、玉扃（jiōng）：相傳道教仙境上清宮有兩闕，左為金闕，右為玉闕。闕，門上樓觀。扃，門戶。

小玉：吳王夫差之女，傳說死後為仙。

雙成：相傳是西王母侍女。這裏都借指楊貴妃的侍女。

九華帳：繡花帷帳，借指貴妃用的帷帳。

珠箔：即珠簾。

闌干：淚水縱橫的樣子。

昭陽殿：漢朝宮殿，這裏借指唐朝宮殿。

蓬萊宮：傳說東海中仙山上的宮殿。

人寰：人世間。

七月七日：傳說為牛郎、織女相會的日子。

長生殿：在驪山華清宮內。

忽聞海上有仙山，山在虛無縹緲間。
樓閣玲瓏五雲起，其中綽約多仙子。
中有一人字太真，雪膚花貌參差是。
金闕西廂叩玉扃，轉教小玉報雙成。
聞道漢家天子使，九華帳裏夢魂驚。
攬衣推枕起徘徊，珠箔銀屏邐迤開。
雲鬢半偏新睡覺，花冠不整下堂來。
風吹仙袂飄颻舉，猶似霓裳羽衣舞。
玉容寂寞淚闌干，梨花一枝春帶雨。
含情凝睇謝君王，一別音容兩渺茫。
昭陽殿裏恩愛絕，蓬萊宮中日月長。

回頭下望人寰處，不見長安見塵霧。
惟將舊物表深情，鈿合金釵寄將去。
釵留一股合一扇，釵擘黃金合分鈿。
但教心似金鈿堅，天上人間會相見。
臨別殷勤重寄詞，詞中有誓兩心知。
七月七日長生殿，夜半無人私語時。
在天願作比翼鳥，在地願為連理枝。
天長地久有時盡，此恨綿綿無絕期。

董淑嬪

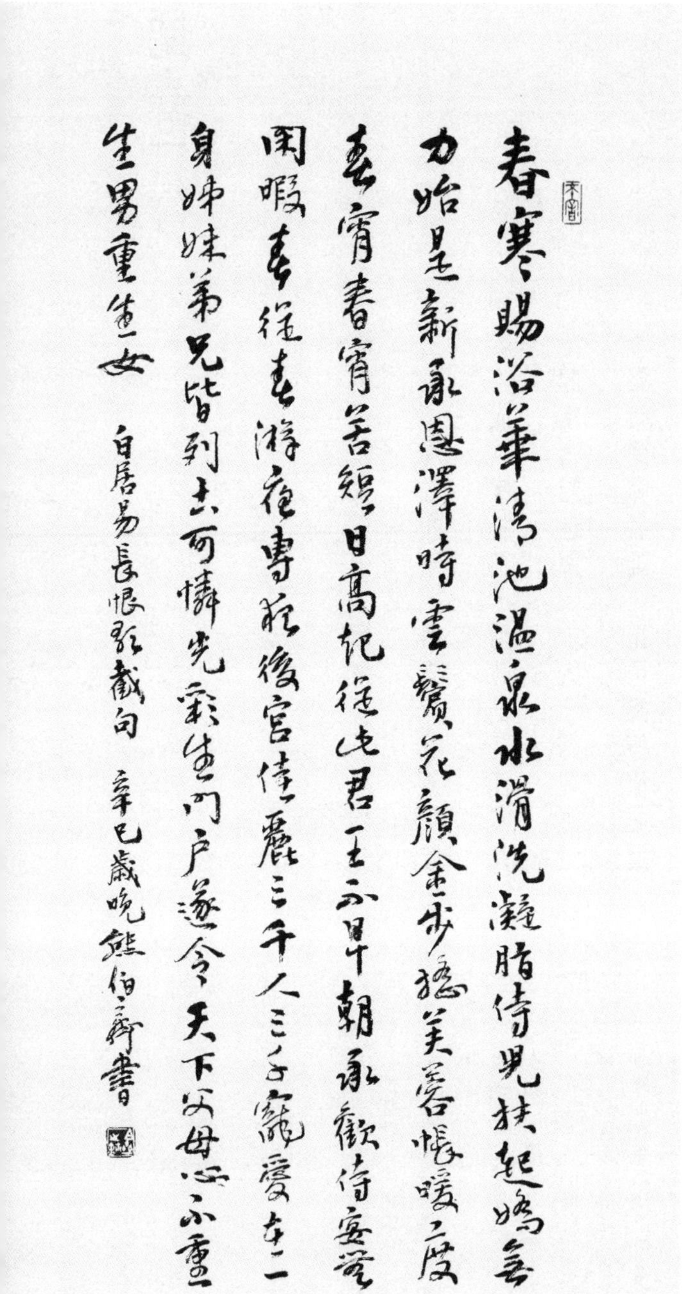
春寒賜浴華清池溫泉水滑洗凝脂侍兒扶起嬌無
力始是新承恩澤時雲鬢花顏金步搖芙蓉帳暖度
春宵春宵苦短日高起從此君王不早朝承歡侍宴無
閒暇春從春遊夜專夜後宮佳麗三千人三千寵愛在一
身姊妹弟兄皆列土可憐光彩生門戶遂令天下父母心不重
生男重生女
白居易長恨歌截句
辛巳歲晚熊伯齊書

熊伯齊

白居易《長恨歌》截句
辛巳歲晚
熊伯齊書

琵琶行

白居易

潯陽江頭夜送客，楓葉荻花秋瑟瑟。
主人下馬客在船，舉酒欲飲無管弦。
醉不成歡慘將別，別時茫茫江浸月。
忽聞水上琵琶聲，主人忘歸客不發。
尋聲暗問彈者誰，琵琶聲停欲語遲。
移船相近邀相見，添酒回燈重開宴。
千呼萬喚始出來，猶抱琵琶半遮面。
轉軸撥弦三兩聲，未成曲調先有情。

這首詩寫作者由長安被貶到九江期間，送客在船上，聽到一名原「長安倡女」彈奏琵琶及訴說身世之後，引出「同是天涯淪落人」的感慨，於是寫下了這篇著名的長詩。詩中把處於社會底層的琵琶女的遭遇，同被壓抑的正直知識分子的遭遇並提，相互映襯補充，表露出共同的不幸遭遇和悲憤的情感。描寫細緻生動，語言優美明快，富於音樂感，成為敘事詩的傑作。

弦弦掩抑聲聲思，似訴平生不得志。
低眉信手續續彈，說盡心中無限事。
輕攏慢撚抹復挑，初為《霓裳》後《六么》。
大弦嘈嘈如急雨，小弦切切如私語。
嘈嘈切切錯雜彈，大珠小珠落玉盤。
間關鶯語花底滑，幽咽泉流水下灘。
水泉冷澀弦凝絕，凝絕不通聲漸歇。
別有幽愁暗恨生，此時無聲勝有聲。
銀瓶乍破水漿迸，鐵騎突出刀槍鳴。
曲終收撥當心畫，四弦一聲如裂帛。
東船西舫悄無言，唯見江心秋月白。

潯陽江：長江的一段，在九江北。
瑟瑟：風吹草木的聲音。
江浸月：指月亮倒映江水中的景象。
欲語遲：欲言又止。
《霓裳》：指《霓裳羽衣曲》。
《六么》：也叫《綠腰》。都是唐代著名的琵琶曲。
間關：鳥鳴叫聲。
幽咽：流水聲。
蝦蟆陵：在長安城東南，相傳是董仲舒墓，門人至此下馬，故為下馬陵，後訛傳為蝦蟆陵。
教坊：唐代官設教習歌舞技藝之所。
善才：唐人稱琵琶師為善才，此處專指著名琵琶師曹善才。
秋娘：唐時長安名倡、歌妓多以秋娘為名，也泛指美女。
五陵：指漢的長陵、安陵、陽陵、茂陵、平陵，五個皇帝墓都在長安北郊，是富門豪強聚居地。

沉吟放撥插弦中，整頓衣裳起斂容。
自言本是京城女，家在蝦蟆陵下住。
十三學得琵琶成，名屬教坊第一部。
曲罷曾教善才伏，妝成每被秋娘妒。
五陵年少爭纏頭，一曲紅綃不知數。
鈿頭雲篦擊節碎，血色羅裙翻酒污。
今年歡笑復明年，秋月春風等閑度。
弟走從軍阿姨死，暮去朝來顏色故。
門前冷落車馬稀，老大嫁作商人婦。
商人重利輕別離，前月浮梁買茶去。
去來江口守空船，繞船月明江水寒。

纏頭：贈給歌舞者的禮物。
鈿（diàn）頭：古代婦人首飾。
浮梁：縣名，今屬江西。
湓江：即湓水，至九江入長江。
嘔啞嘲哳（zhā）：形容聲音雜亂刺耳。
江州司馬：詩人自稱。
青衫：指自己的官服。唐時官職卑者着青衫，五品以上始着緋服。作者官階為從九品。

夜深忽夢少年事，夢啼妝淚紅闌干。

我聞琵琶已歎息，又聞此語重唧唧。

同是天涯淪落人，相逢何必曾相識。

我從去年辭帝京，謫居臥病潯陽城。

潯陽地僻無音樂，終歲不聞絲竹聲。

住近湓江地低濕，黃蘆苦竹繞宅生。

其間旦暮聞何物，杜鵑啼血猿哀鳴。

春江花朝秋月夜，往往取酒還獨傾。

豈無山歌與村笛，嘔啞嘲哳難為聽。

今夜聞君琵琶語，如聽仙樂耳暫明。

莫辭更坐彈一曲，為君翻作琵琶行。

感我此言良久立，卻坐促弦弦轉急。
淒淒不似向前聲，滿座重聞皆掩泣。
座中泣下誰最多，江州司馬青衫濕。

董淑嬪 繪

白香山《琵琶行》詩意
一九七九年仲夏
淑嬪畫

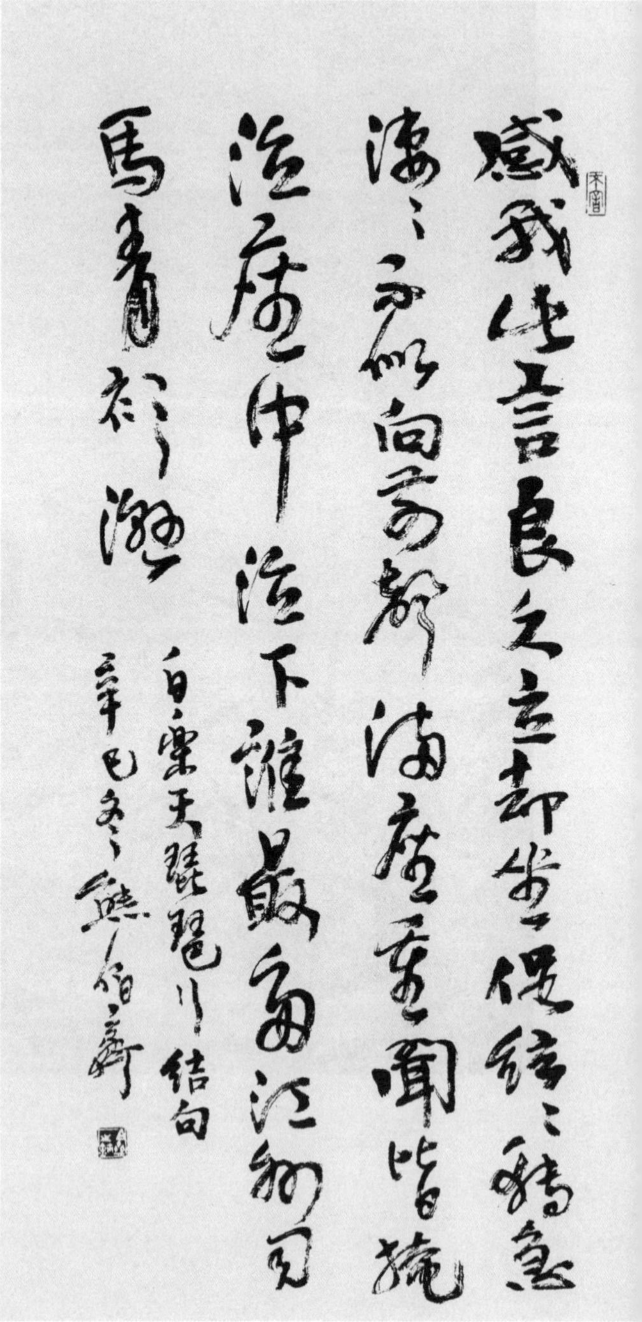

熊伯齊
白樂天《琵琶行》結句
辛巳冬
熊伯齊

賦得古原草送別

白居易

離離原上草，一歲一枯榮。
野火燒不盡，春風吹又生。
遠芳侵古道，晴翠接荒城。
又送王孫去，萋萋滿別情。

離離：茂盛的樣子。遠芳：無邊的芳草。
晴翠：陽光照耀下的綠野。古道、荒城，都是野草叢生地，也是行人即將經往的地方。
「又送」二句：用《楚辭・招隱士》「王孫遊兮不歸，春草生兮萋萋」的典故，表明作者對朋友的思念。王孫，貴族後代，這裏泛指遠遊的人。萋萋，草長得茂盛的樣子。

詩名一作《草》，係白居易青年時的作品。據傳，作者曾攜此詩赴長安拜謁詩人顧況，受到讚譽，聲名大振。詩借物言情，以原上草喻離別之情，構思巧妙獨特。明人譚宗給予很高的評價：「渾樸，其情當在《十九首》之間。」賦得，凡是指定、限定的詩題，例在題上加「賦得」二字，這是應考的習作，故也加「賦得」二字。

華三川

歲在乙巳春月
華三川畫

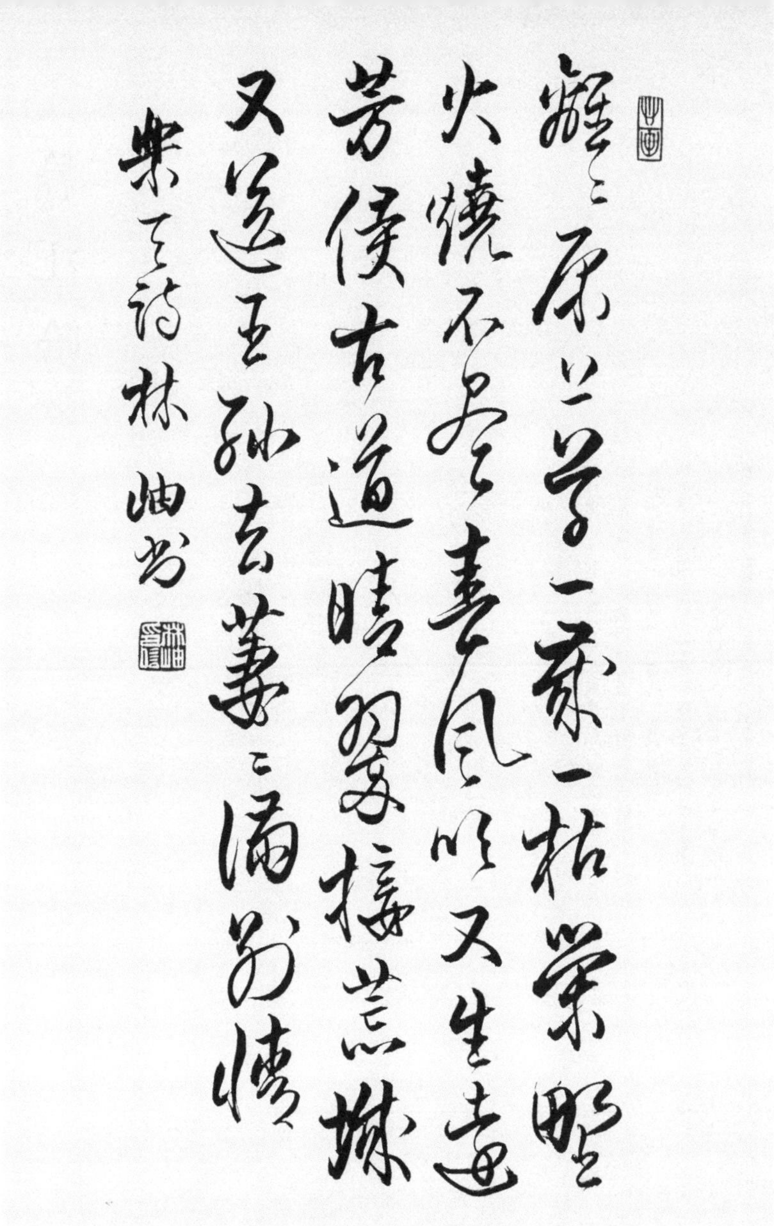
離離原上草一歲一枯榮
野火燒不盡春風吹又生
遠芳侵古道晴翠接荒城
又送王孫去萋萋滿別情
樂天詩 林岫書

林岫

樂天詩
林岫書

暮江吟

白居易

一道殘陽鋪水中，
半江瑟瑟半江紅。
可憐九月初三夜，
露似真珠月似弓。

「一道」兩句：寫日落前的景象。瑟瑟，本指一種碧色寶石，這裏指殘陽照不到的江水情景，因其為青綠色，如同碧色寶石，故稱瑟瑟。
「可憐」兩句：寫月出後寧靜氣氛。可憐，令人愛惜。初三夜，夏曆初三的晚上，是月牙開始出現的日子。真珠，即珍珠。

這首詩寫夕陽落照中的江水和新月初升的夜景。暮江、月露境界美好，猶如一幅着色秋江圖，格調清新自然。暮江吟，是白居易「雜律詩」中的一首，通過一時一物的吟詠，真率自然地表現內心深處的情思。

暮江吟 白居易 一道殘陽鋪水中半江瑟瑟半江紅可憐九月初三夜露似真珠月似弓
乙亥初秋戴敦邦作唐詩意百圖於滬上

戴敦邦

乙亥初秋

戴敦邦作唐詩意百圖於滬上

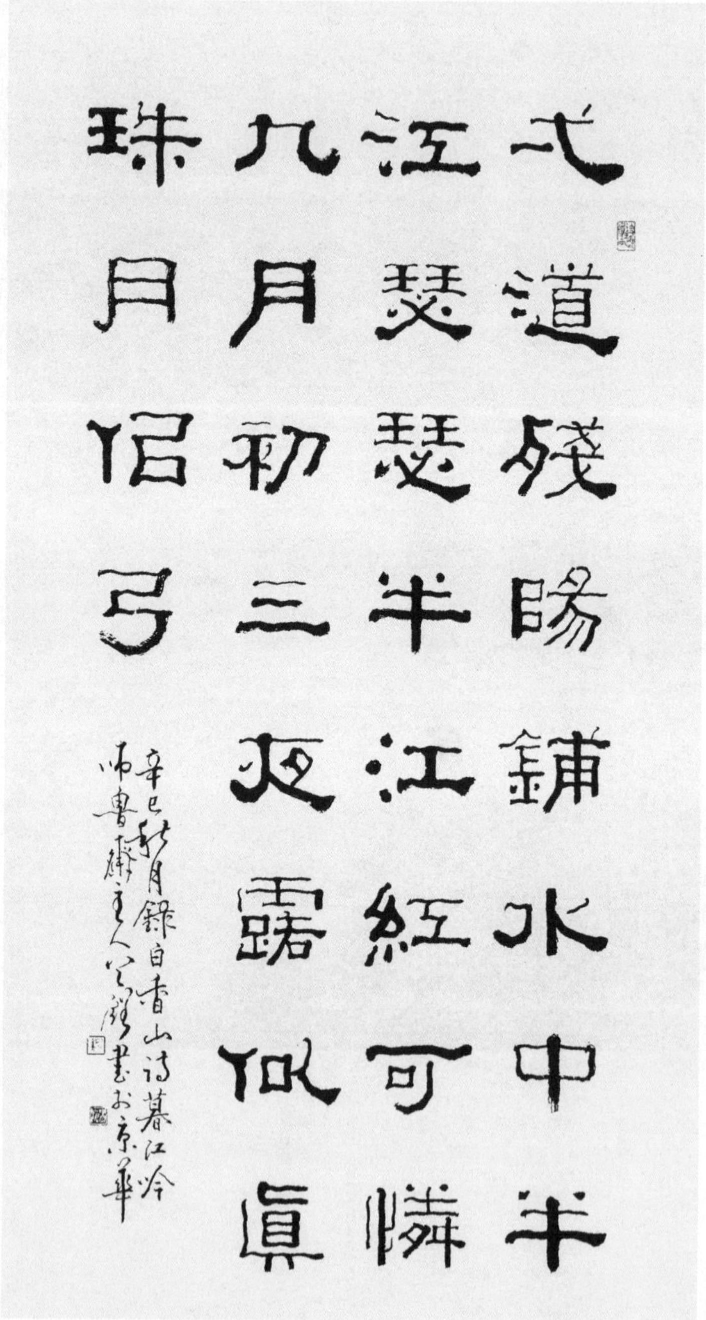
一道殘陽鋪水中半
江瑟瑟半江紅可憐
九月初三夜露似真
珠月似弓
辛巳秋月錄白香山詩暮江吟
師魯齋主人谷溪書於京華

谷溪 書

辛巳秋月錄白香山詩《暮江吟》師魯齋主人谷溪書於京華

錢塘湖春行

白居易

孤山寺北賈亭西，水面初平雲腳低。
幾處早鶯爭暖樹，誰家新燕啄春泥。
亂花漸欲迷人眼，淺草才能沒馬蹄。
最愛湖東行不足，綠楊陰裏白沙堤。

孤山寺：在西湖裏湖與外湖之間的孤山上，陳文帝天嘉初年建。
賈亭：又名賈公亭。唐貞元年間賈全任杭州刺史時在西湖所建。
雲腳：雨前或雨後出現的接近地面的雲氣。
白沙堤：即白堤，「西湖三堤」之一，舊以白沙鋪堤，故名。

錢塘湖，即西湖，在今浙江杭州西。白居易在杭州刺史任內，興辦了治理西湖的工程，還寫了一批歌詠西湖的詩歌。這首詩詠西湖的湖光山色，緊扣環境和季節的特徵，表現了蓬勃的春意。

孤山寺北賈亭西水
面初平雲脚低幾處
早鶯爭暖樹誰家
新燕啄春泥亂花
漸欲迷人眼淺草才
能沒馬蹄最是湖東

陳惠冠

辛巳冬畫白樂天詩意
惠冠

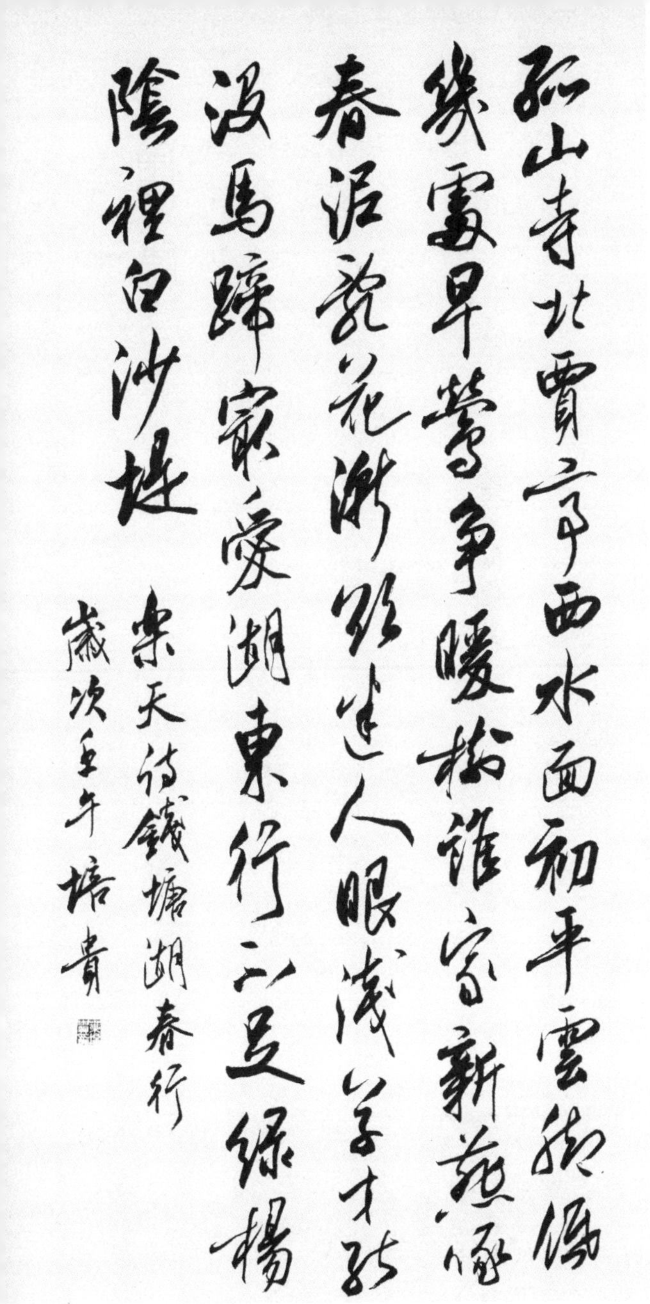
孤山寺北賈亭西水面初平雲腳低
幾處早鶯爭暖樹誰家新燕啄
春泥亂花漸欲迷人眼淺草才能
沒馬蹄最愛湖東行不足綠楊
陰裏白沙堤
樂天詩錢塘湖春行
歲次壬午培貴

葉培貴

樂天詩《錢塘湖春行》
歲次壬午
培貴

憫農

李紳

鋤禾日當午，

汗滴禾下土。

誰知盤中餐，

粒粒皆辛苦。

禾：指莊稼。

日當午：太陽正當晌午。

汗滴：汗珠滴落。

誰知：有誰知道。

這首詩通過描寫農民在烈日下揮汗鋤禾的場面，說明了糧食是來之不易的。告訴人們要愛惜糧食，珍惜農民的勞動果實。憫，憐憫同情。

華三川

丁卯年
華三川畫

段成桂 書

段成桂

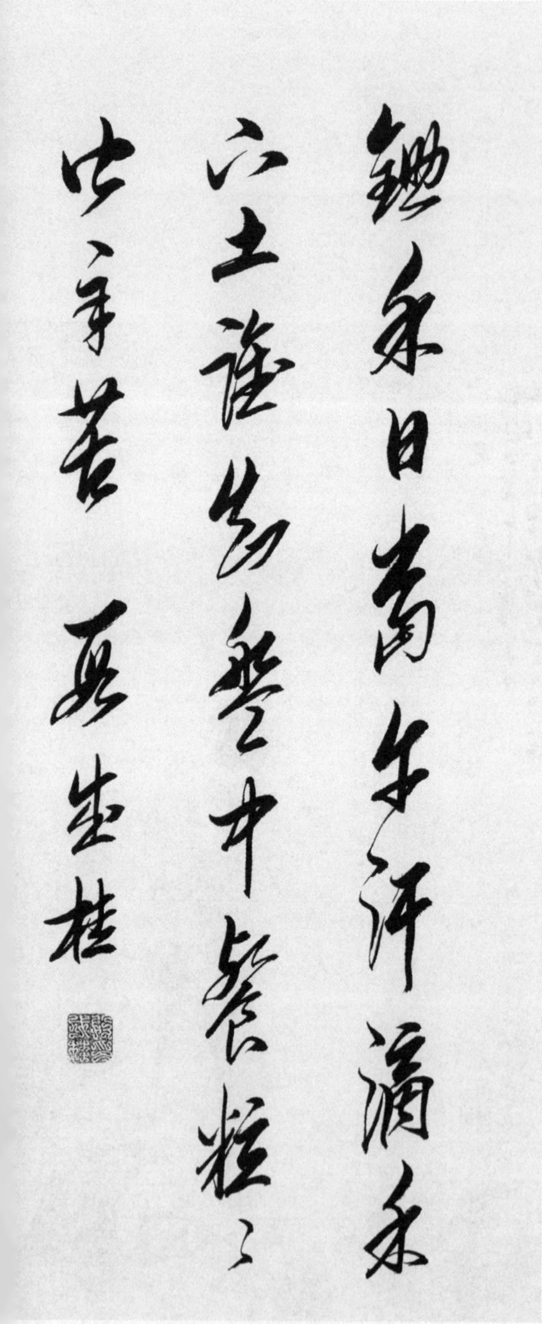
鋤禾日當午汗滴禾
下土誰知盤中餐粒粒
皆辛苦 段成桂

昭君怨

張祜

萬里邊城遠，
千山行路難。
舉頭惟見日，
何處是長安。

邊城：指遠離祖國的他鄉。
長安：都城，這裏代指祖國。

這首詩寫王昭君遠嫁匈奴，還時時思念故鄉祖國的情景。昭君，王昭君，西漢元帝時以宮女身份遠嫁。昭君出塞的故事被以各種文藝樣式流傳着。歷代寫王昭君的詩也有許多。大多數作品是同情昭君遠嫁異鄉，懷念祖國，也有的斥責統治者昏聵無能和畫工的害人。張祜的這首詩描繪了王昭君對祖國的依戀之情。

陳謀

昭君出塞

庚辰夏月寫於京華

陳謀

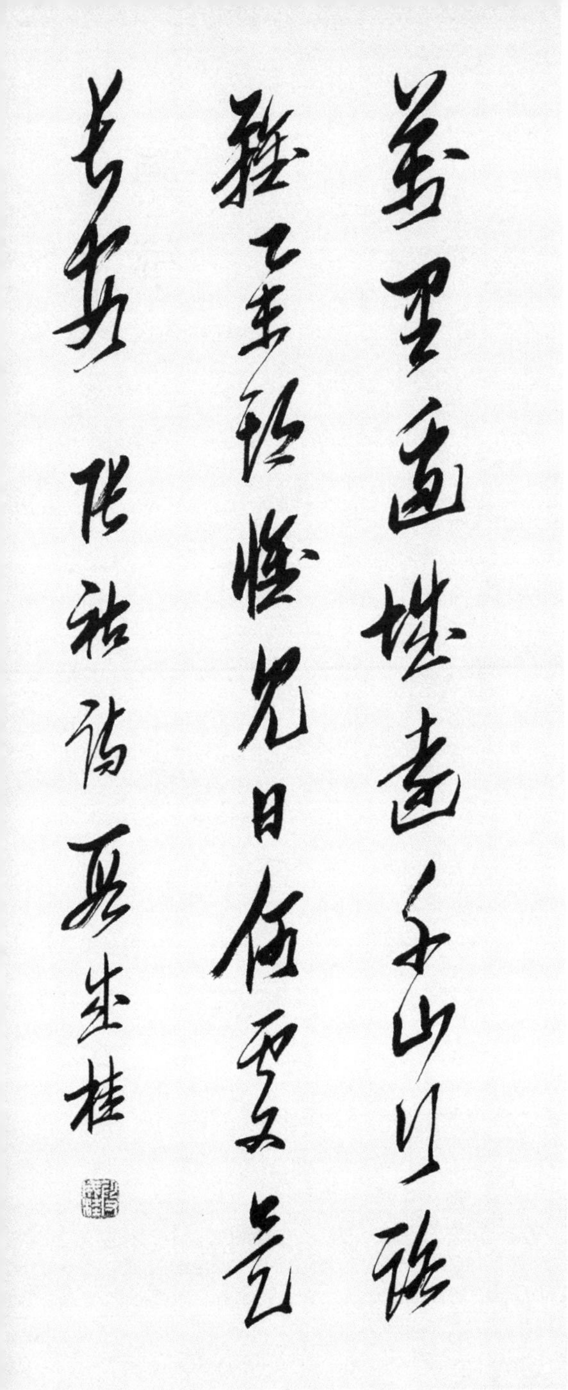

段成桂 書

張祜詩

段成桂

聽箏

張祜

十指纖纖玉筍紅，
雁行輕遏翠弦中。
分明似說長城苦，
水咽雲寒一夜風。

纖纖玉筍：寫手指長而白嫩如筍。
雁行：指箏柱。古箏的弦柱斜列，如雁飛之陣，故稱雁柱。
輕遏：言手指輕抹慢撚之間箏聲即響遏行雲。
翠弦：對箏弦的美稱。
長城苦：謂箏聲似在訴說修築長城的征卒之苦。
水咽：言箏聲如流水在嗚咽。

白居易的《琵琶行》、韓愈的《聽穎師彈琴》、李賀的《李憑箜篌引》都是唐詩中描摹音樂的名篇。與上述三篇不同，張祜的《聽箏》僅四句二十八字，它雖未像上述名篇以文字曲盡音樂的變化，但卻分明讓讀者耳邊響起了塞上淒苦悲涼的邊聲。《唐人萬首絕句選》中讚其「猶見中唐名手風格」，誠非虛言。

孔維克
知音圖
庚辰之歲夏

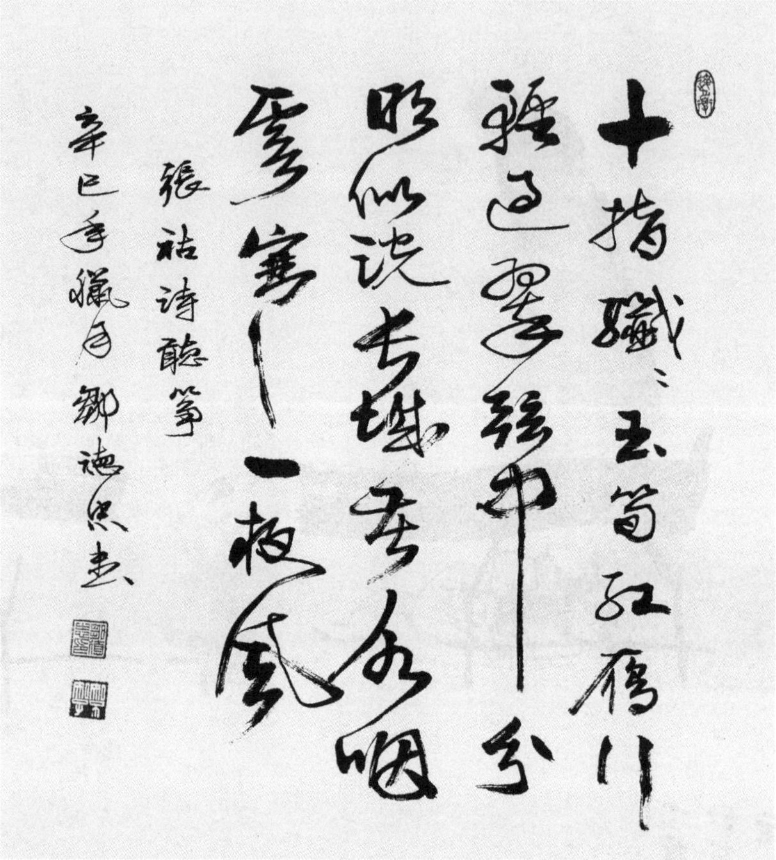

鄒德忠

張祜詩《聽箏》
辛巳年臘月
鄒德忠書

宮詞

朱慶餘

寂寂花時閉院門，
美人相並立瓊軒。
含情欲說宮中事，
鸚鵡前頭不敢言。

花時：花開時節。
瓊軒：華美的軒廊。
「含情」二句：反映了宮廷生活的恐怖。鸚鵡，能模仿人的說話，怕它學舌，所以不敢一吐心曲。

這是一首別出心裁的宮怨詩。在這首詩裏，兩位宮女相依並立，立在軒前，欲說未說，巧妙曲折地托出了怨情。宮人不但被奪去青春和幸福，就連說話的自由也沒有。宮詞，一作《宮中詞》。

唐朱庆馀宫中词诗意
董淑嫔作

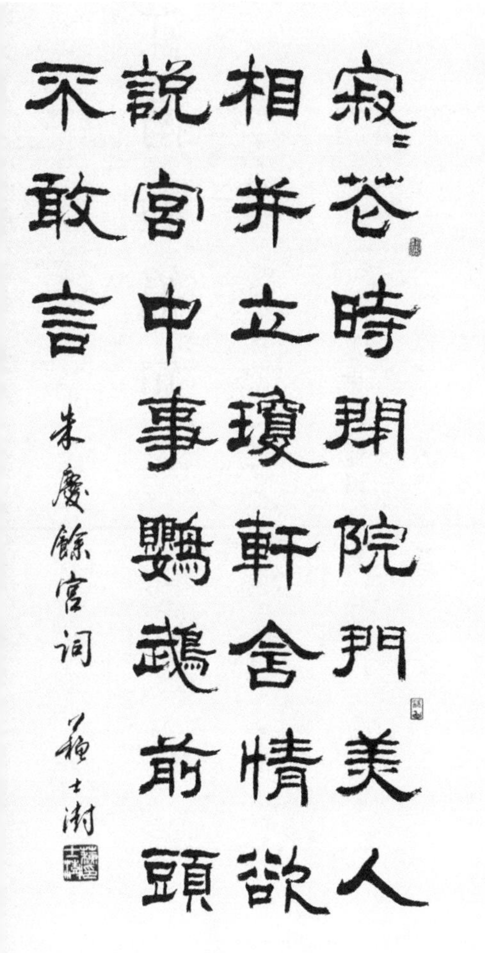
寂寂花時閉院門美人
相并立瓊軒含情欲
說宮中事鸚鵡前頭
不敢言
朱慶餘宮词
蘇士澍

蘇士澍 書

朱慶餘《宮詞》

蘇士澍

董淑嬪 繪

唐朱慶餘《宮中詞》詩意

董淑嬪作

江南春絕句

杜牧

千里鶯啼綠映紅，
水村山郭酒旗風。
南朝四百八十寺，
多少樓台煙雨中。

南朝：指宋、齊、梁、陳四個朝代，它們都建都在建康（今江蘇南京）。四百八十寺：《南史．郭祖深傳》：「都下佛寺，五百餘所。」這裏言其多，非確指。唐代承南朝風氣，亦崇佛。

這是一首帶有諷喻意義的借景抒情之作，它以「江南春」為題分寫了兩種景象。前兩句寫大自然的春色：春臨大地，花紅柳綠，鶯歌燕舞，水村山郭，風擺酒旗，好一派旖旎的江南風光。後兩句則即景聯想：在往昔繁華的南朝，就在這江南，不知有多少樓台掩映在春的煙雨中。手法簡練，尺幅之中含千里之勢。既寄寓了歷史的興亡之感，也是對晚唐統治者提出的委婉諷諫。

孫文鐸 繪
杜牧《江南春絕句》詩意
辛巳秋日
文鐸寫於京華

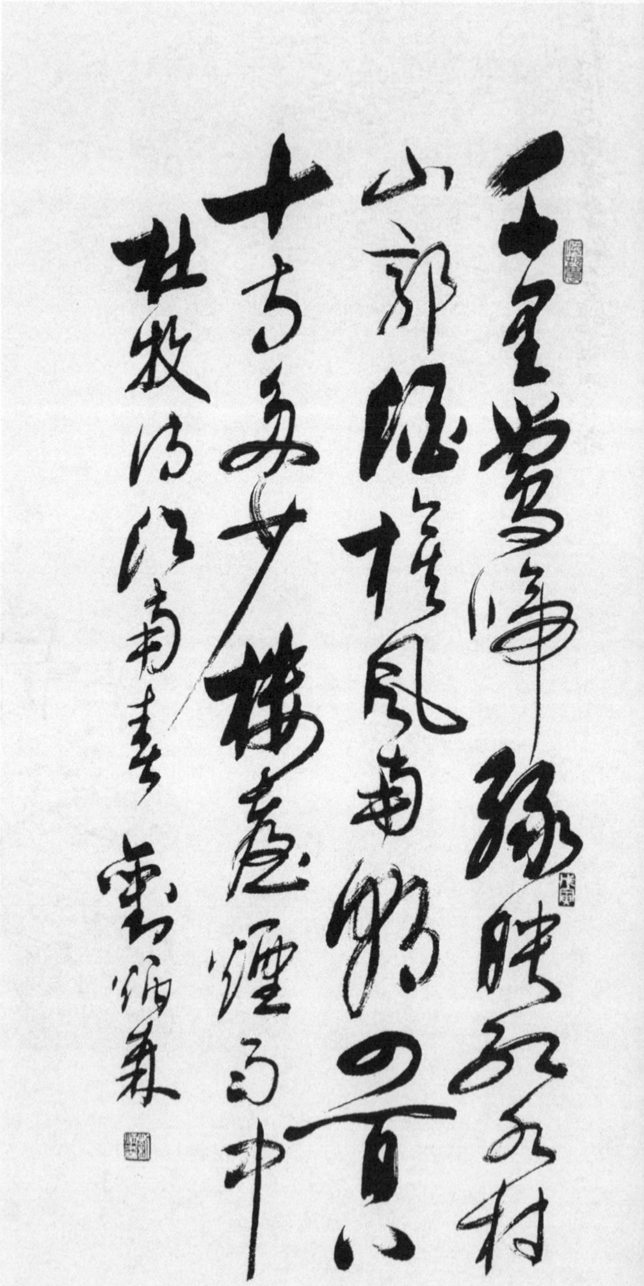

劉炳森

杜牧詩《江南春》

劉炳森

泊秦淮

杜牧

煙籠寒水月籠沙，
夜泊秦淮近酒家。
商女不知亡國恨，
隔江猶唱後庭花。

商女：在酒館中賣唱的歌女。
江：指秦淮河。

本篇寫夜泊秦淮河的所聞所感。《後庭花》即《玉樹後庭花》，據傳為南朝陳後主所製，陳後主耽於享樂，終至荒淫誤國，《後庭花》遂成為亡國之音的代名詞。杜牧生活的晚唐國勢衰頹，危機四伏，而統治者不思進取，上行下效，淫靡的社會風氣日熾。詩中寫「商女不知亡國恨」，其矛頭實直指上層統治者，寄寓着作者對社會危機的隱憂。

童介眉

童介眉寫

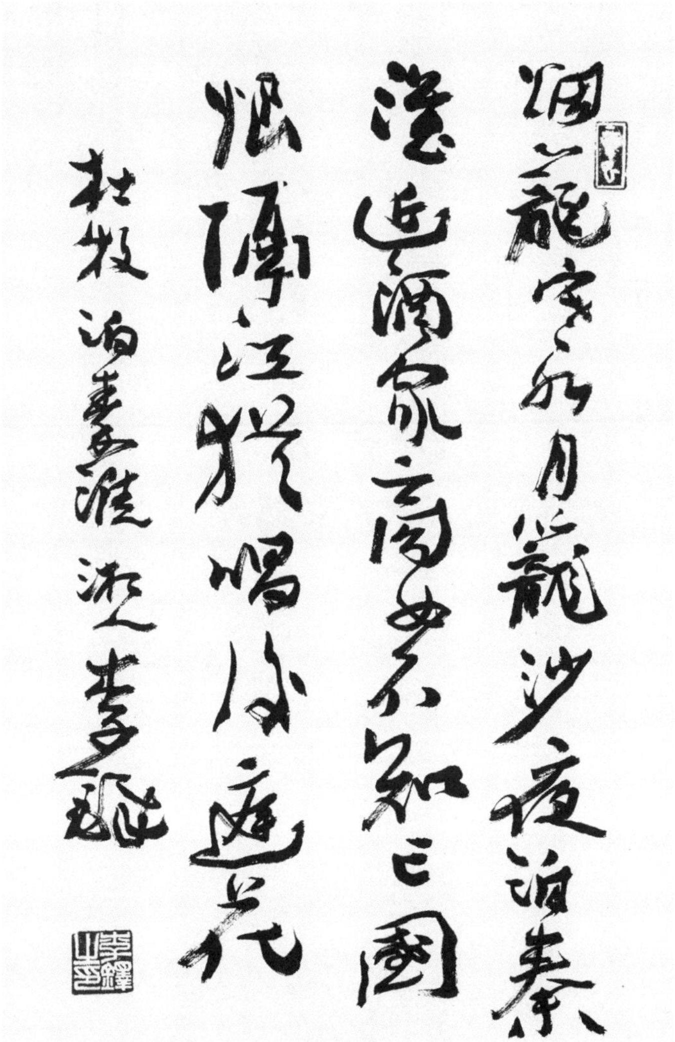
煙籠寒水月籠沙
夜泊秦淮近酒家
商女不知亡國恨
隔江猶唱後庭花
杜牧泊秦淮
湘人李鐸

李鐸

杜牧《泊秦淮》
湘人李鐸

山行

杜牧

遠上寒山石徑斜，
白雲生處有人家。
停車坐愛楓林晚，
霜葉紅於二月花。

寒山：這裏指深秋時節的山。
石徑：山上石頭鋪成的狹小的路。
生：生出，升起。生，一作「深」。
坐：因為。
紅於：比……還要紅。霜葉紅於二月花，不僅寫豔麗的秋色，而且包含豐富的哲理，形象說明了某種社會現象，內涵豐富，成為後人傳誦的名句。

這首詩寫山行所見的景色，讚頌了秋景之美，格調高爽健康，意境清新開朗。詩中白雲、紅葉，色彩明麗，把霜葉與春花相比，新穎生動，發人深思。

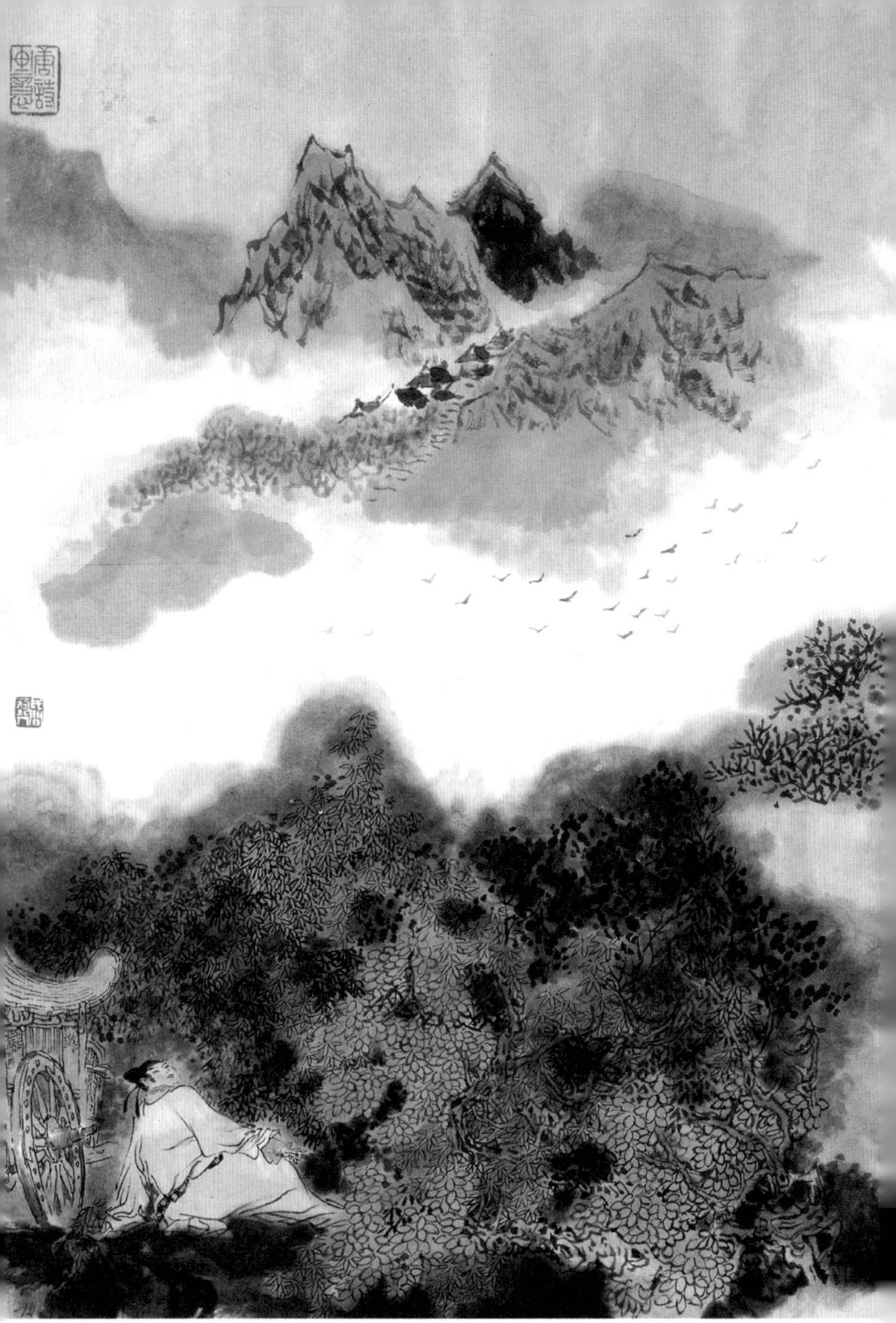

乙亥秋日
戴敦邦作唐詩意百圖於滬上

遠上寒山石徑斜

白雲生處有人家停車

坐愛楓林晚霜葉

於二月花 杜牧山行 李鐸

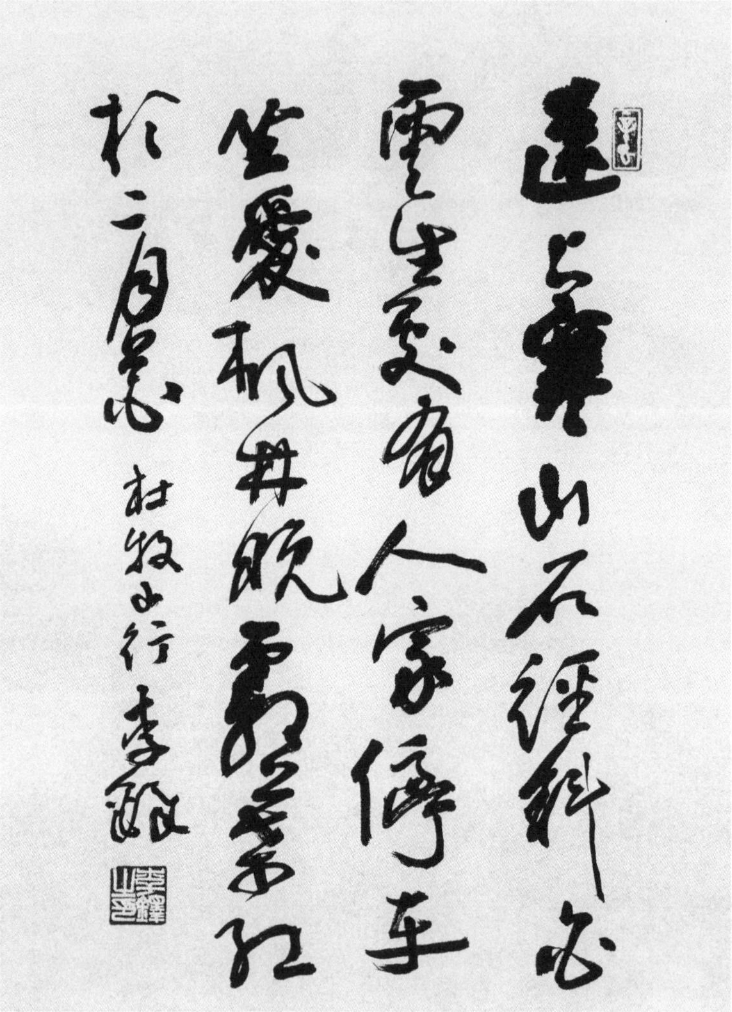

李鐸

杜牧《山行》

李鐸

秋夕

杜牧

銀燭秋光冷畫屏，
輕羅小扇撲流螢。
天階夜色涼如水，
坐看牽牛織女星。

銀燭：對白色蠟燭的美稱。
畫屏：繪有圖畫的屏風。
天階：指皇宮內的石階。

這首詩描繪身處深宮的宮女的寂寞。詩人抓住深秋景物的特點，用淒冷幽暗的景物、着色，渲染宮女無聊無望的心境。而最後一幅景象「坐看牽牛織女星」尤其耐人尋味。牽牛、織女是傳說中一對一年只能一夕相會，其餘時間只能隔河相對的情侶，然而在宮女的眼中，這樣的愛情生活已是夠讓人羨慕的了。全詩不着一個「情」，然而宮女幽怨複雜的心境卻表現得深切感人，令人不得不佩服詩人高超的藝術表現力。

陳謀

——杜牧之《秋夕》詩意
一九八〇年初春
陳謀畫於北京

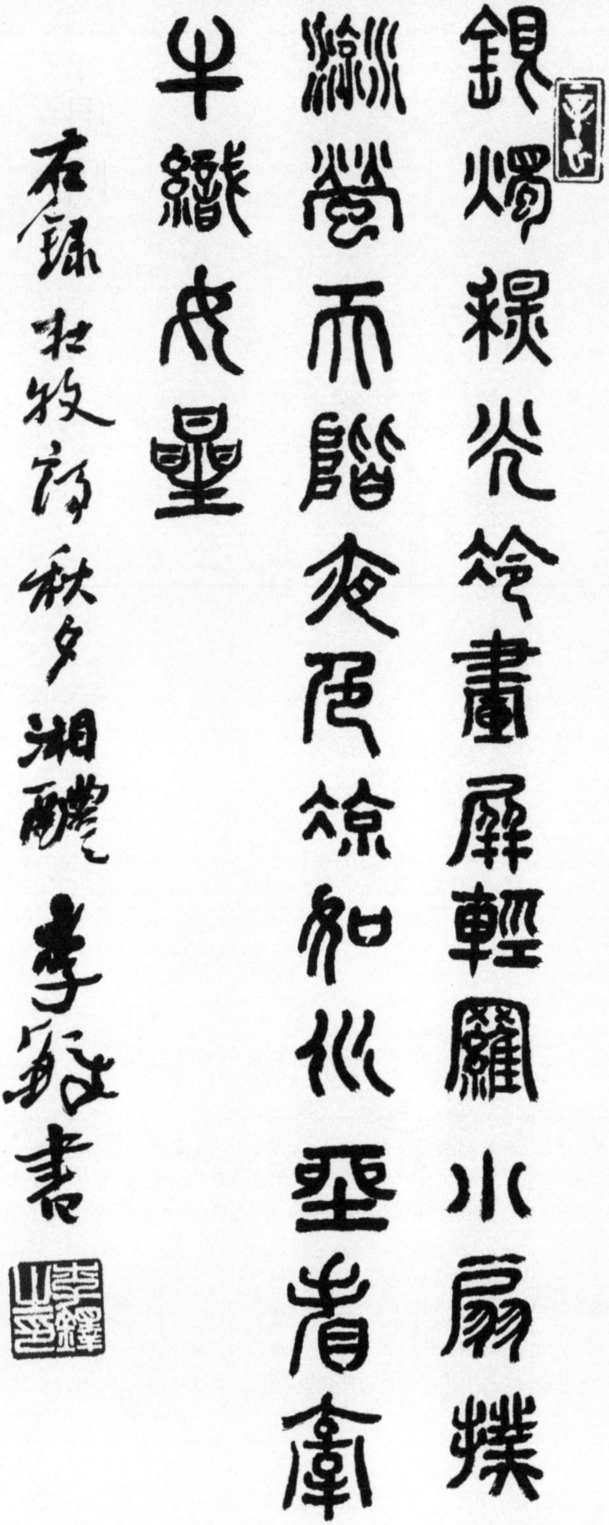

銀燭秋光冷畫屏輕羅小扇撲
流螢天階夜色涼如水坐看牽
牛織女星
右錄杜牧詩秋夕湘醴李鐸書
李鐸

李鐸

右錄杜牧《秋夕》
湘醴李鐸書

清明

杜牧

清明時節雨紛紛，
路上行人欲斷魂。
借問酒家何處有，
牧童遙指杏花村。

斷魂：形容強烈而又無法表達的感情。有神往哀傷之意，這裏用來表達行人淒迷、紛亂的心境。
借問：向人請問。
酒家：酒店。
杏花村：泛指杏花深處的村莊。

這首膾炙人口的寫景抒情佳作，向來為世人推許。詩歌以清明時節的濛濛細雨為重筆描摹對象，於寫景之中滲入了感時傷春的傷感情懷，可謂情景交融。從風格上看，白描手法的運用使得詩歌呈現出清新俊朗的風致。

清明，二十四節氣之一，在公曆四月五日前後，按照民間風俗，這一天應該掃墓或郊遊。

高向陽

辛巳新秋圖
杜牧詩意
向陽

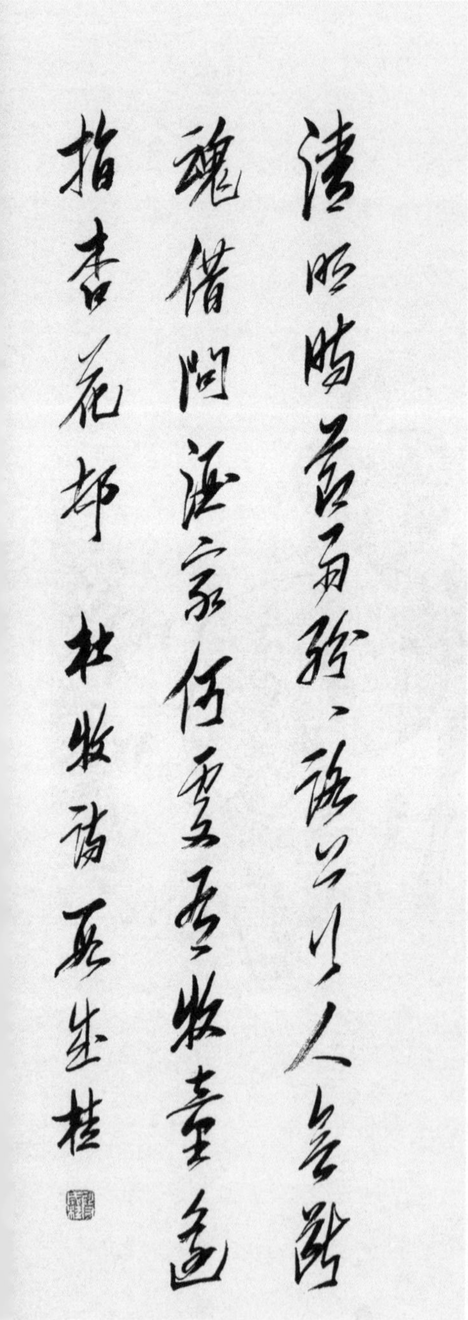
清明時節雨紛紛路上行人欲斷
魂借問酒家何處有牧童遙
指杏花村 杜牧詩 段成桂

段成桂 書

杜牧詩

段成桂

錦瑟

李商隱

錦瑟無端五十弦，一弦一柱思華年。
莊生曉夢迷蝴蝶，望帝春心托杜鵑。
滄海月明珠有淚，藍田日暖玉生煙。
此情可待成追憶？只是當時已惘然。

柱：調整弦音高低的支柱，可以移動。一說係弦之柱。
華年：盛年。這兩句是說：聽到淒怨的瑟聲，不由得追憶起自己不幸的身世。
莊生：戰國時的莊周，著有《莊子》。

「錦瑟」詩是李商隱的代表作，向來為人稱道，卻又眾說紛紜、莫衷一是。如有悼亡、詠物、言情、自傷等解釋。比較可靠的說法是，作品以錦瑟起興，寫詩人回憶平生經歷，慨歎青春虛擲、功業無成、懷才不遇、理想破滅，當年既已不勝悵惘，如今更加痛苦自傷。錦瑟，漆有織錦紋的瑟。瑟是一種弦樂器，古瑟有五十弦，後來有二十五弦。

迷蝴蝶：《莊子．齊物論》說，莊周夢為蝴蝶，醒乃莊周「不知周之夢為蝴蝶歟？蝴蝶之夢為周歟？」

望帝：傳說古蜀國君主稱號，名杜宇，因悲亡國死後魂化杜鵑，啼聲悲哀。

春心：傷春心情，指亡國之痛。這兩句是說：自己像做了一場迷惘的夢，理想抱負完全成了泡影，抱負和憂國都成了遺恨。

珠有淚：古有鮫人泣珠的傳說。

藍田：即陝西的藍田山，產玉。這兩句，前句借明珠被埋沒於滄海，抒寫才能不為世用的悲哀。後一句似說藍田美玉，雖沉埋於土中，一旦在陽光下，仍可生出光輝。

可待：豈待。

惘然：失意悵惘的樣子。

范曾

辛巳
范曾

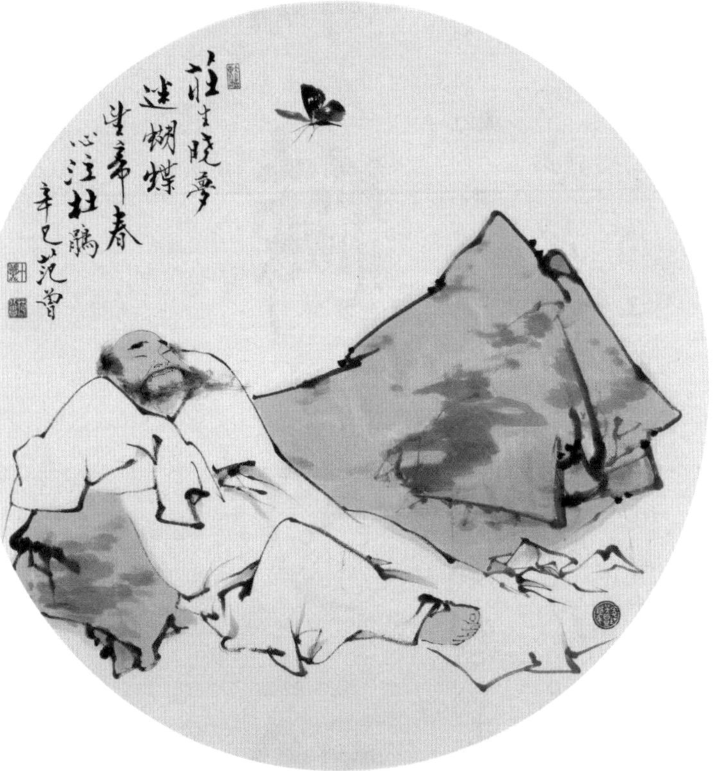
莊生曉夢
迷蝴蝶
望帝春
心託杜鵑
辛巳范曾

蘇士澍 書

滄海月明
李商隱《錦瑟》詩
蘇士澍

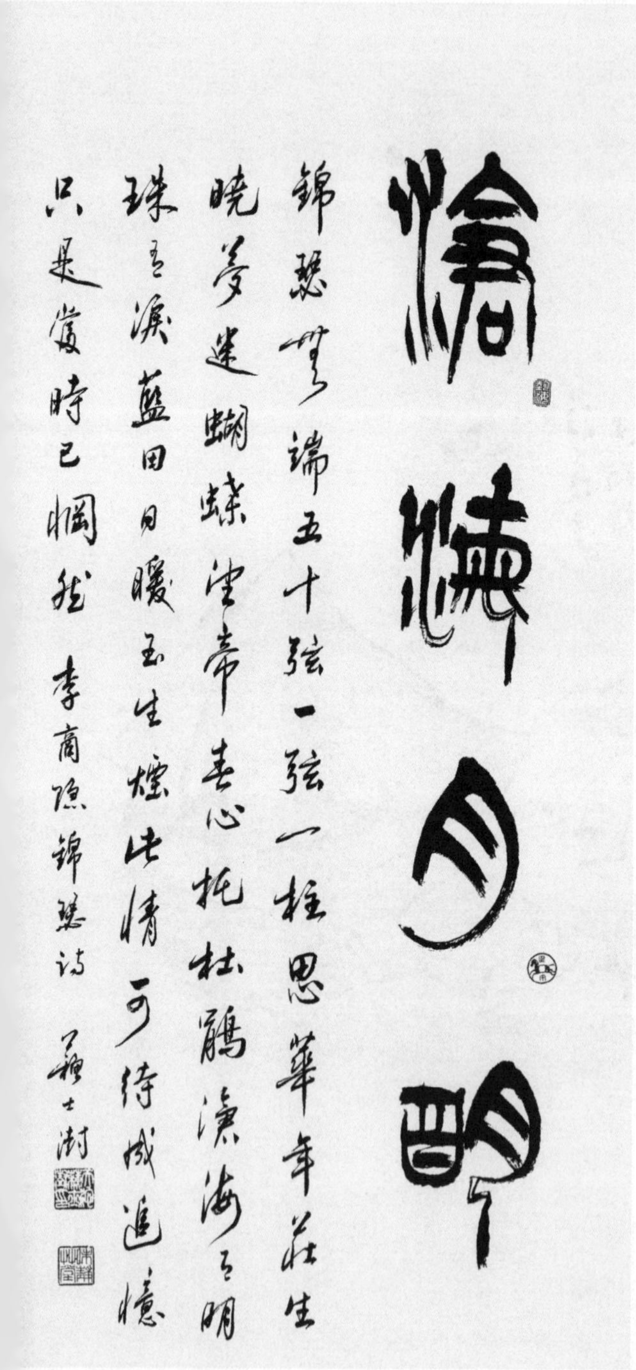
滄海月明
錦瑟無端五十弦一弦一柱思華年莊生曉夢迷蝴蝶望帝春心托杜鵑滄海月明珠有淚藍田日暖玉生煙此情可待成追憶只是當時已惘然
李商隱錦瑟詩 蘇士澍

夜雨寄北

李商隱

君問歸期未有期，
巴山夜雨漲秋池。
何當共剪西窗燭，
卻話巴山夜雨時。

「君問」兩句：寫夫妻異地互相想念的情景。君，指詩人的妻子。巴山，指四川東部的山。
「何當」兩句：寫想像中他日夫妻共在長安的生活。何當，何時能夠。卻話，回過頭來追述。

這首詩是作者旅居巴蜀（今四川）時寄給妻子的詩。其時，他的妻子王氏留在長安。這首詩就是他收到王氏來信後回覆她的。夜雨，點明作詩的時間。北，指位於巴山之北的長安。詩的構思富有獨創性，將空間和時間的變化交織起來，先寫今夜自己念長安，妻子念巴山，後寫想像中他日兩人同在長安共話巴山夜雨時自己的生活。既寫了時間和空間的變化，又寫了人的悲歡離合，虛實相生，情景交融，別開生面，豐富地展示了今日的彼此相思之意。

夜雨寄北 李商隱
君問歸期未有期巴山夜雨漲秋池何當共剪西窗燭卻話巴山夜雨時 乙亥秋日戴敦邦寫詩意圖

戴敦邦

乙亥秋日

戴敦邦製唐詩意百圖

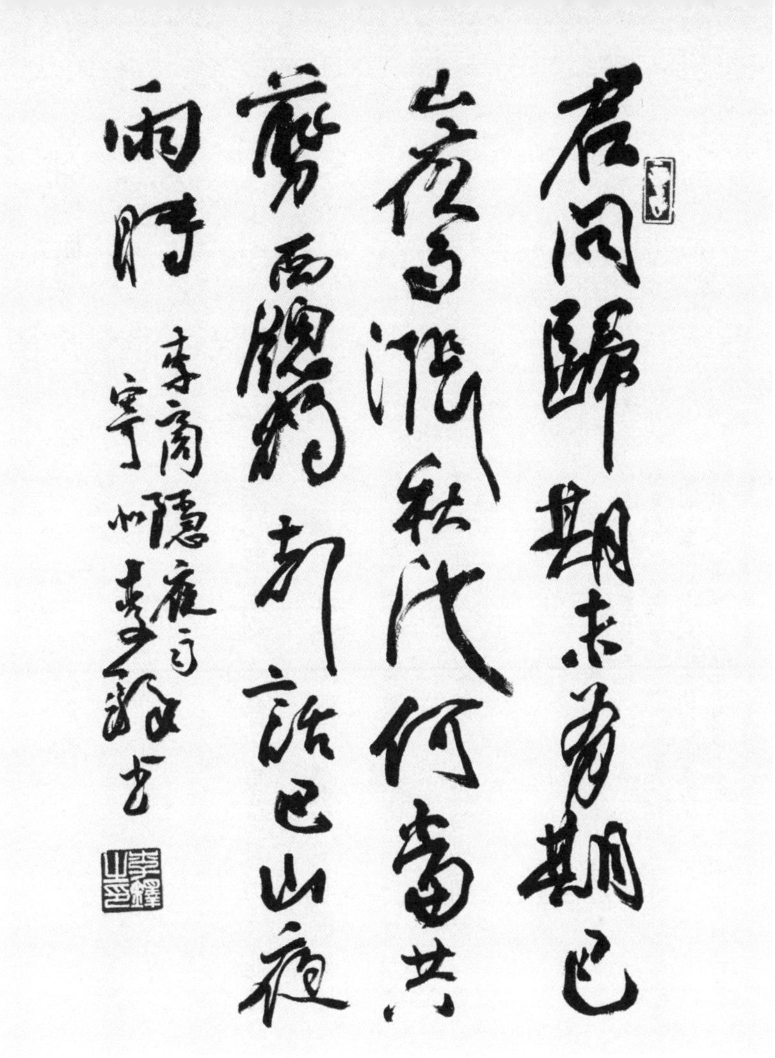

李鐸 書

李商隱《夜雨寄北》
李鐸書

無題

李商隱

相見時難別亦難，東風無力百花殘。
春蠶到死絲方盡，蠟炬成灰淚始乾。
曉鏡但愁雲鬢改，夜吟應覺月光寒。
蓬山此去無多路，青鳥殷勤為探看。

絲：雙關「相思」的「思」。淚：指燭淚。也隱喻相思的淚水。
曉鏡：早上起來對鏡梳妝。
雲鬢改：指黑髮因年華的流逝而變白。雲鬢，年輕女子濃密的頭髮。
蓬山：蓬萊山，傳説中神仙居住的地方。
青鳥：神話傳説中為西王母傳送消息的神鳥，後用來指愛情使者。
探看：探聽消息，看望。

這是一首以離別為主題的愛情詩。詩歌寓情於景，融抒情於娓娓的敘述，極力渲染了別後相思之苦和對愛情的執着。全詩筆觸細膩，思致深婉，情感豐富真摯，是歷代愛情詩中的佳作。

童介眉 繪

童介眉寫

李鐸

李商隱《無題》
辛巳冬月
湘人李鐸

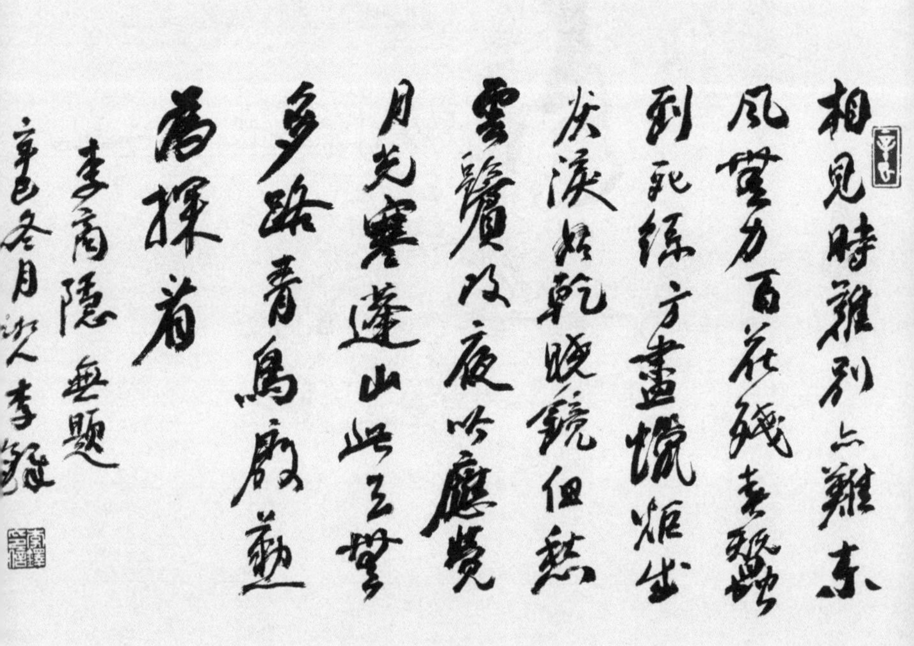
相見時難別亦難東
風無力百花殘春蠶
到死絲方盡蠟炬成
灰淚始乾曉鏡但愁
雲鬢改夜吟應覺
月光寒蓬山此去無
多路青鳥殷勤
為探看
李商隱 無題
辛巳冬月湘人李鐸

嫦娥

李商隱

雲母屏風燭影深，
長河漸落曉星沉。
嫦娥應悔偷靈藥，
碧海青天夜夜心。

雲母：一種透明有光的板狀礦物，常用來裝飾屏風。
屏風：古代室內一種陳設品。長河：銀河。
曉星：啟明星。靈藥：指不死之藥。
「碧海」句：形容淒涼無邊無際，寂寞無窮無盡。碧海青天，見空間之無限。夜夜，見時間之無窮。

這首詩通過浪漫的想像，烘托了嫦娥深居月宮的寂寞孤獨的心境，曲折地表現出詩人纏綿不盡的相思和悵惘悲涼的情緒。嫦娥，傳說中的月宮仙女。她本是後羿之妻，因偷吃了後羿從西王母那裏討到的一些不死之藥，奔往月宮，就在那裏永遠住下去了。詩人採用這個題材，寫下這首詩。詩雖詠的是嫦娥，但仔細體味便會感到作者有無限孤寂之感。

蕭惠珠

乙酉秋月
惠珠寫李商隱《嫦娥》詩
意於北京

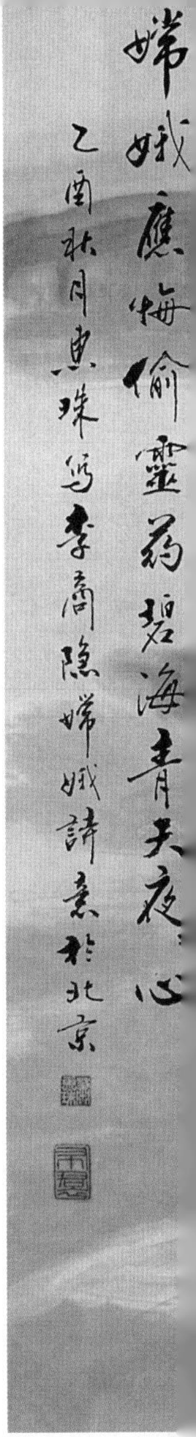
嫦娥應悔偷靈藥碧海青天夜夜心
乙酉秋月
珠寫李商隱嫦娥詩意於北京

姚俊卿

李商隱七絕《（常）〔嫦〕娥》
壬午正月
姚俊卿

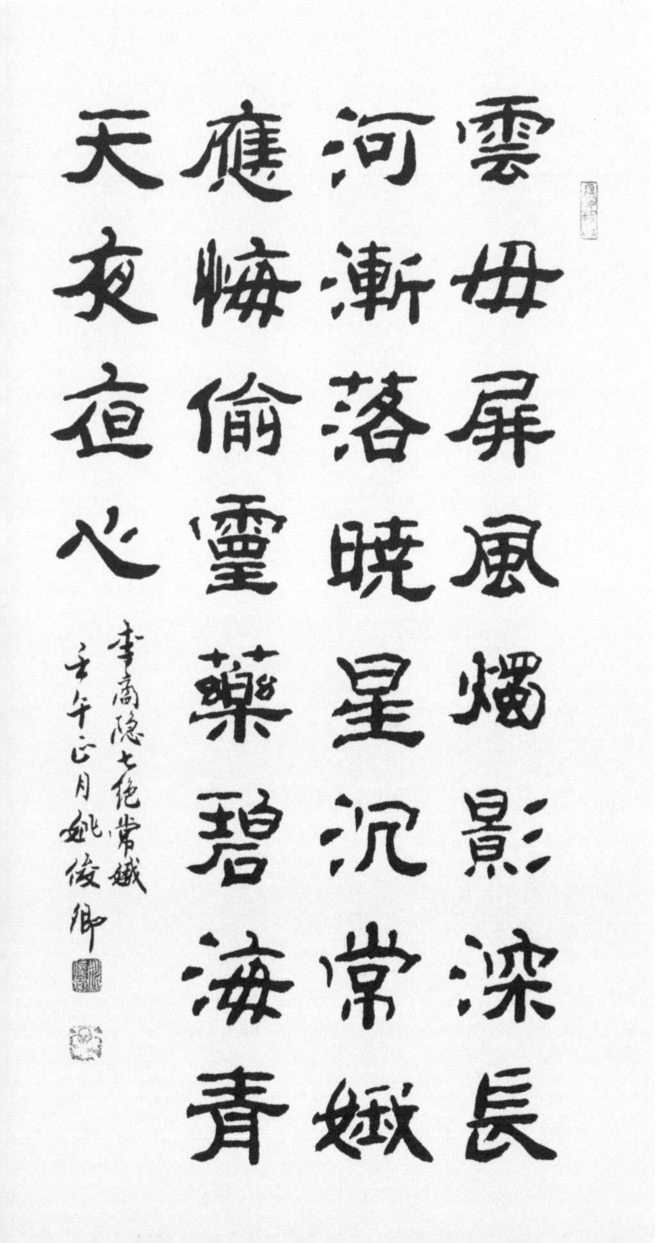
雲母屏風燭影深
長河漸落曉星沉
常娥應悔偷靈藥
碧海青天夜夜心
李商隱七絕常娥
壬午正月姚俊卿

劍客

賈島

十年磨一劍，
霜刃未曾試。
今日把示君，
誰為不平事。

霜刃：指刀刃鋒利光潔。
把示君：拿給您看。
不平：不公平，不合人情事理。

這首詩題詠劍客，實則是另有寓托，是詩人以「劍客」自喻，把「劍」比作是自己的滿腹才華。表達了作者欲求施展才能、建功立業的宏大抱負。本篇構思巧妙，語言平實，是賈島詩作中的上品。

高向陽 繪

觀劍圖

辛巳秋日寫唐人詩意

向陽

谷溪

唐賈島詩

山左谷溪篆

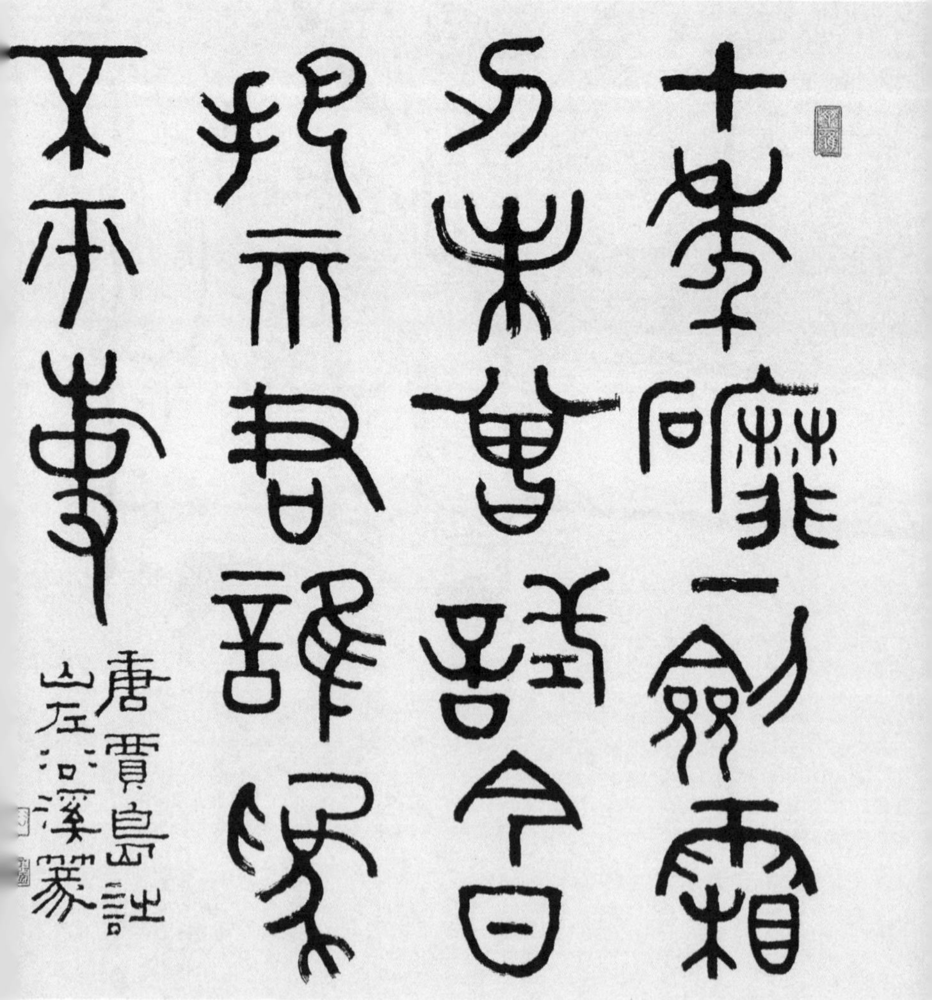
十年磨一劍霜
刃未曾試今日
把示君誰有
不平事
唐賈島詩
山左谷溪篆

尋隱者不遇

賈島

松下問童子，
言師採藥去。
只在此山中，
雲深不知處。

童子：指隱者的弟子。「言」字以下三句，都是童子的回答。

這首詩寫尋訪隱者沒有遇到的情景，表現了作者對隱者脫塵不俗的羨慕之情。詩寫得明白如話，卻含蓄無窮。尋而不遇，無限悵惘之情，倒別有一番情趣。

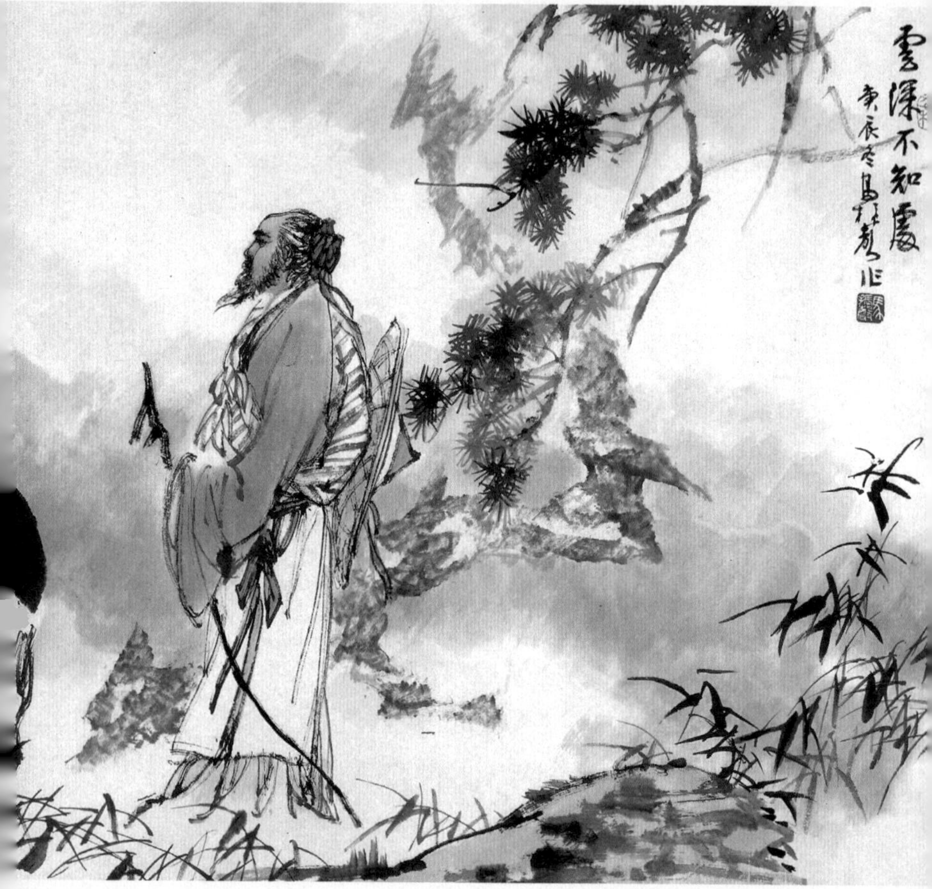
雲深不知處
庚辰冬馬振聲作

馬振聲
庚辰冬
馬振聲作

谷溪 書

賈島詩《尋隱者不遇》

蒿泊村人谷溪

商山早行

溫庭筠

晨起動征鐸，客行悲故鄉。
雞聲茅店月，人跡板橋霜。
槲葉落山路，枳花明驛牆。
因思杜陵夢，鳧雁滿回塘。

鐸（duó）：鈴鐺，指繫在馬脖子上的響鈴。
槲（hú）：槲樹，一種落葉喬木。槲葉冬天殘留枝上，春天新發芽時脱落。
枳：一種落葉灌木，春天開白花。
驛牆：客店的牆。明驛牆，指月光將枳花影映在客店牆上。
杜陵：在今陝西長安東南，秦代為杜縣，漢宣帝葬於此，故稱杜陵。這裏以「杜陵」指長安。

這首詩，寫旅途早行的景色，表達了早行旅人的心境。商山，又名地肺山、楚山，今陝西商縣東南。漢初，「商山四皓」曾隱居於此山。

戴敦邦

乙亥初冬日
戴敦邦作唐詩意百圖於滬上

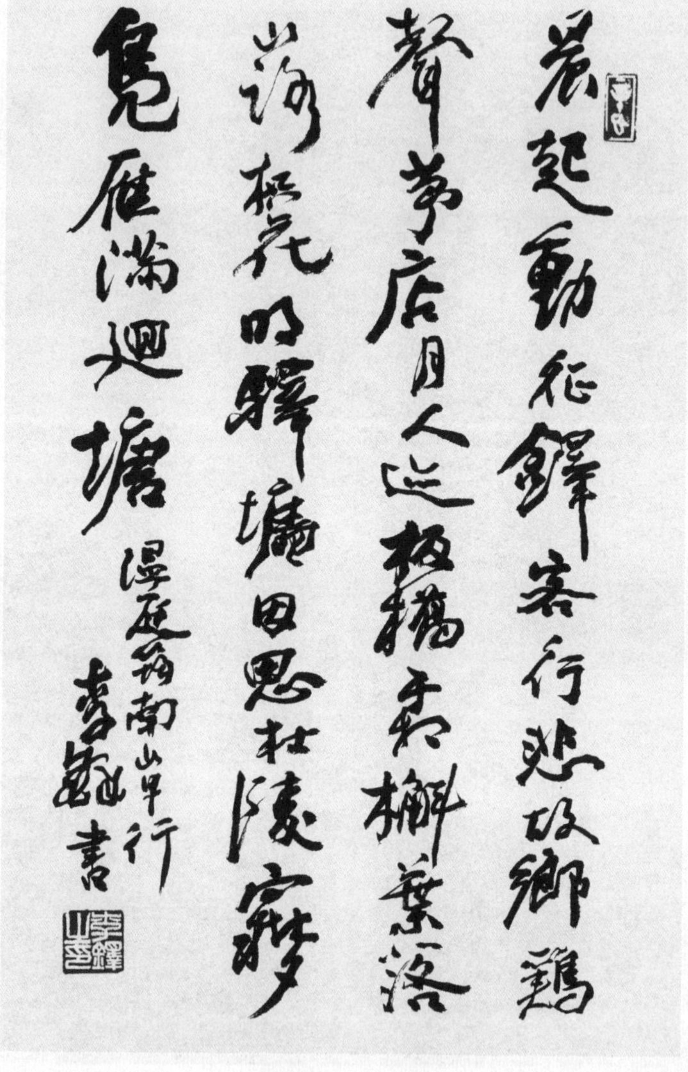
晨起動征鐸客行悲故鄉雞
聲茅店月人迹板橋霜槲葉落
山路枳花明驛牆因思杜陵夢
鳧雁滿迴塘
溫庭筠商山早行
李鐸書

李鐸

溫庭筠《商山早行》
李鐸書

白蓮

陸龜蒙

素蘤多蒙別豔欺，
此花真合在瑤池。
還應有恨無人覺，
月曉風清欲墮時。

素蘤：「蘤」即花，素蘤即白花。
蒙：受。
合：應該。
瑤池：神話中西天王母居住之地。全句謂，此花真應生於瑤池，寫其不同凡花。

這首詩詠白蓮，不重形似，而求神似，在月明風清的特定環境中，着意描繪白蓮不同凡俗的獨特神韻，且在筆墨之外，別有一番寄託：借白蓮的冰清玉潔以自況。

白蓮華頌
素蘤多蒙別艷欺
此花端合在瑤池無
情有恨何人覺月曉
風清欲墮時 二〇〇〇年
二月歲次庚辰雨水節夕
寫畫并錄唐詩人陸龜
蒙詠白蓮詩於海上
余十餘年曾寫是畫
緣因乃此詩頗有深意

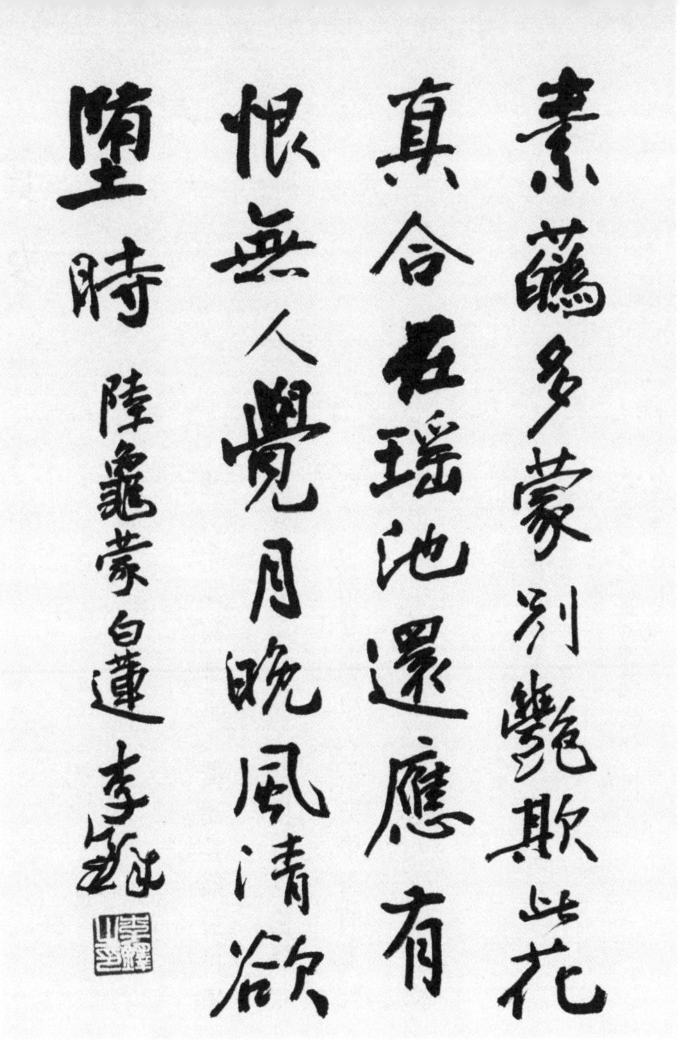
素藕多蒙別艷欺此花
真合在瑤池還應有
恨無人覺月晚風清欲
墮時
陸龜蒙白蓮 李鐸

李鐸

陸龜蒙《白蓮》
李鐸

顧炳鑫

二〇〇〇年二月歲次庚辰雨水前夕，寫圖並錄唐詩人陸龜蒙詠白蓮詩於海上浦江西岸之蘆頂樓
寶山顧炳鑫製，時年七十七
余十餘年曾寫是圖，緣因乃此詩頗有深意
今再作是圖，特對襯景略作變動

貧女

秦韜玉

蓬門未識綺羅香，擬託良媒益自傷。
誰愛風流高格調，共憐時世儉梳妝。
敢將十指誇纖巧，不把雙眉鬥畫長。
苦恨年年壓金線，為他人作嫁衣裳。

蓬門：茅草屋門，指貧苦人家。
綺羅：指富貴人家婦女的服飾。
風流：舉止瀟灑。
高格調：高尚的風格和情調。
儉梳妝：樸素打扮。
纖巧：指做女工細緻靈巧。
鬥：比，炫耀。
壓金線：用針線繡花，是刺繡的一種。

這首詩通過對貧女品格高尚、勤勞儉樸，但卻無人欣賞、欲嫁不能的描寫，表現了貧女難嫁的不幸命運，反映了社會存在的賢愚、美醜顛倒的不合理現象，表達了詩人的感慨和不平，寄寓了懷才不遇的憂傷。尾聯「為他人作嫁衣裳」已被引用作成語。

貧女
秦韜玉
蓬門未識綺羅香擬託良媒益自傷誰愛風流高格調共憐時世儉梳妝敢將十指誇針巧不把雙眉鬥畫長苦恨年年壓金線為他人作嫁衣裳
乙亥秋戴敦邦作唐詩意百圖於滬上

戴敦邦

乙亥秋
戴敦邦作唐詩意百圖於滬上

李鐸 書

秦韜玉《〔貧〕女》
李鐸書

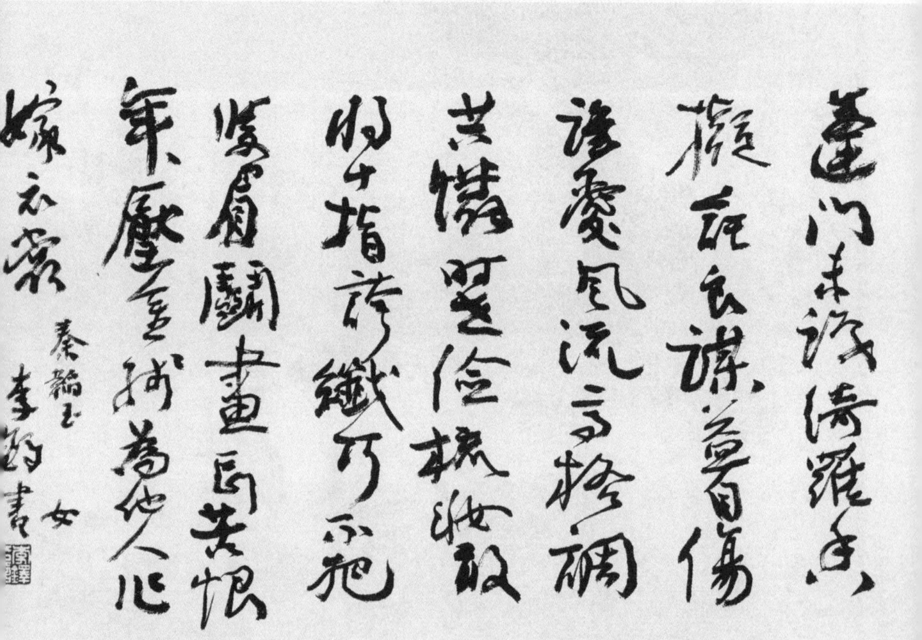

雜詩

無名氏

勸君莫惜金縷衣，
勸君須惜少年時。
有花堪折直須折，
莫待無花空折枝。

金縷衣：用金線製成的衣服，這裏指衣服很華貴。
堪：能夠，可以。
直須：應當，應該。

此詩為《雜詩》十九首之一，《全唐詩》列入無名氏之作。有的認為是杜秋娘作，有的認為是李錡所作，均不確。這首詩一題《金縷詞》，詩中借金縷衣起興，旨在勸取人們珍惜少年時光，莫使歲月蹉跎，空留傷悲。全詩詩意清淺，語言流暢自然，比喻恰切，有一唱三歎之感。

馬援

杜秋娘《金縷衣》畫意
辛巳之冬月
祥雲軒馬援

勸君莫惜金縷衣
勸君惜取少年時
花開堪折直須折
莫待無花空折枝
杜秋娘金縷衣畫意

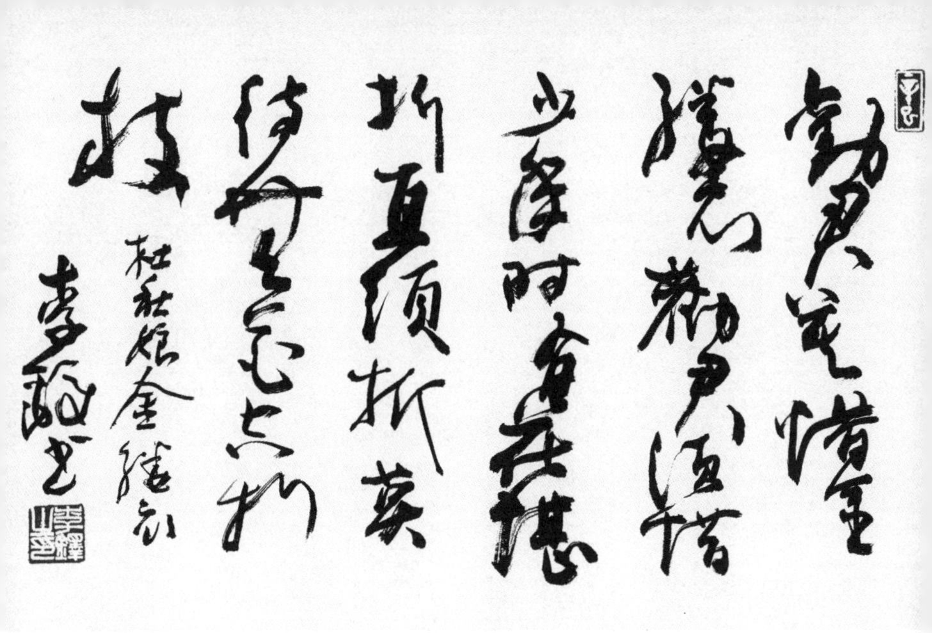

李鐸

杜秋娘《金縷衣》
李鐸書

題紅葉

韓氏

流水何太急，
深宮盡日閑。
殷勤謝紅葉，
好去到人間。

流水：指御溝水。
殷勤：懇切的樣子。
謝：訴説。
人間：原與天上相對。這裏與宮廷相對，指民間。

這首詩通過題詩紅葉，寫一個長年不得見人的宮女對自由和幸福的嚮往。詩中慨歎青春易逝，充滿哀怨幻想，運筆委婉含蓄，抒發了宮人的心聲。紅葉題詩的故事，有多種記載，在朝代、人名、情節上都有不同。據《雲溪友議》記述，宣宗時，詩人盧渥到長安應舉，偶然來到御溝房，看見一片紅葉，上面有題詩，就收藏在箱內。後來，他娶了一位被遣出宮的宮女，就是題詩紅葉的韓氏。《題紅葉》詩題是後人所擬。題紅葉，在紅葉上題詩。

董淑嬪 繪

董淑嬪繪

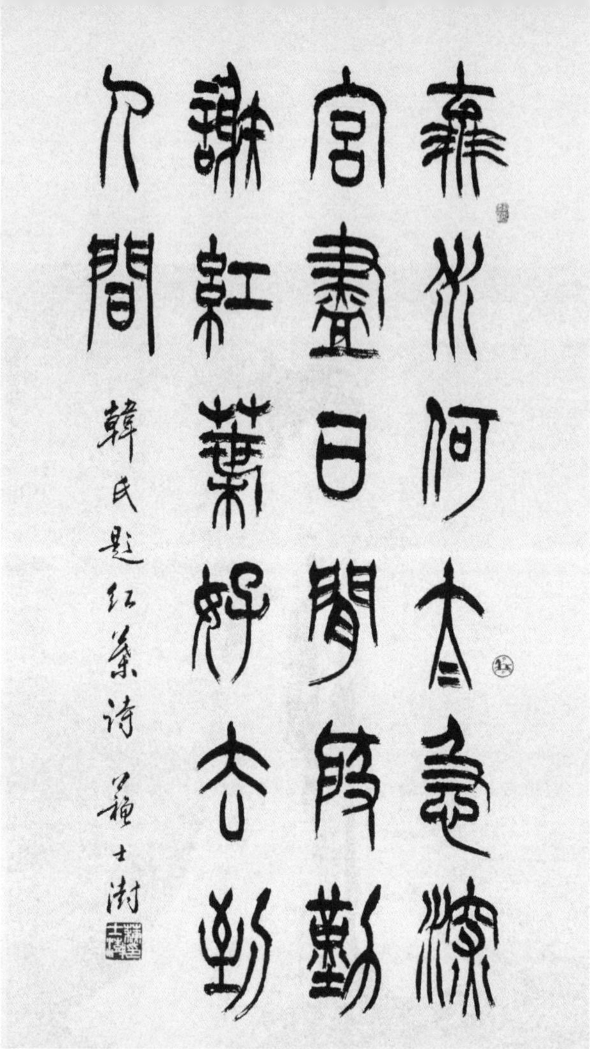

蘇士澍

韓氏《題紅葉》詩

蘇士澍

牡丹

薛濤

去春零落暮春時，淚濕紅箋怨別離。
常恐便同巫峽散，因何重有武陵期。
傳情每向馨香得，不語還應彼此知。
只欲欄邊安枕席，夜深閑共說相思。

淚濕紅箋：含怨賦詩，淚濕紅色小箋。

巫峽散：用宋玉《高唐賦》故事。楚懷王與巫山神女夢中幽會歡洽，以寫相愛之深。武陵期：用陶淵明《桃花源記》故事。武陵漁人意外發現桃花源仙境，欣喜如狂，藉以比喻牡丹盛開、今春重逢的喜悅。

這是一首古代的朦朧詩，意境撲朔迷離，似是抒寫詩人未能實現的美好愛情。借牡丹以擬知己，說相思而傳心曲，兩情相得，不語有知，可惜難安枕席，終未如願。

劉旦宅

鄒德忠

薛濤詩《牡丹》
鄒德忠書

渡遠荊門外來從楚國遊山隨平野盡江入大荒流月下飛天鏡雲生結海樓仍憐故鄉水萬里送行舟